집을 온전히 누리는 법,

포터링

KB191695

집을 온전히 누리는 법,

포터링

애나 맥거번 지음 | 김은영 옮김

POTTERING

윌유

프롤로그

포터링pottering은 정해진 계획이나 이렇다 할 목적 없이
무언가에 즐겁게 몰두하는 것을 말해요.
여기서 '즐겁다'는 것은 편안함을 의미하고
'계획이나 목적이 없다'는 것은 자유를 말한답니다.
항상 그런 건 아니지만 누가 시킨 것도 아닌데
종종 사소한 집안일에 빠져드는 경우가 있을 거예요.
그게 바로 포터링이에요.
여기서 집안일이란 꼭 해야 하는 일을 말하는 게 아니에요.
왠지 하고 나면 아주 소소한 기쁨을
느낄 수 있는 그런 일을 말하죠.
우리가 시도해볼 수 있는 포터링 하나를 예로 들어볼게요.
바로 경첩에 기름을 칠하는 일이에요.
문이나 수납장의 경첩이 삐걱거릴 때가 있죠?
그럴 땐 집에 있는 것들로 한번 고쳐보는 거예요.
휴지에 오일을 약간 묻혀 문질러보는 거죠.

아무 오일이나 상관없어요.

올리브 오일도 좋고 식용유도 좋아요.

심지어 마가린도 괜찮아요.

그런 다음 뿌듯한 마음으로 문을 앞뒤로 움직여보세요.

그러곤 뒤로 한 발짝 물러나

당신이 얼마나 대견한 일을 했는지 느껴보는 거예요.

이 책에서는 포터링에 대해 이야기해보고

생활 속 포터링의 세계로 안내하려고 해요.

이 책을 마음챙김mindfulness이나

편안하고 안락한 덴마크의 라이프스타일을 의미하는

휘게hygge를 다루는 열정 가득한 야심찬 책들과

비슷하다고 생각할 수도 있어요.

마음챙김이나 휘게, 둘 다 멋진 생각이에요.

하지만 요즘 들어선 두 개념 모두 몰라보게 변해버린 듯해요.

휘게는 향초와 인조모피 덮개를 마련하는 일이

되어버린 듯하고, 전문가들이 말하는

'일 분 명상'을 비롯한 마음챙김은

지나치게 시간에 집착하는 것 같아요.

물론 그럴 리야 없겠지만 말이에요.

마음을 돌보는 일에 일 분이라는 시간은 해결책을 찾기에
충분한 시간이 아니에요.

포터링의 특징 가운데 하나는 바로 가식 없는 솔직함이에요.

명상과 집중을 감자 깎는 일처럼
단순한 일과 연관 지어볼까요?

아마 감자를 깎겠다고 워크숍까지 가는
사람이 있을지도 몰라요.

아니면 최고로 좋은 감자를 구해
연습하는 사람도 있을 거예요.

그러지 말고 집에 있는 아무 감자나 잡고
감자 깎는 칼로 깎아보는 거예요.

집 안 어딘가에 감자가 있는지 살펴보세요. 없다고요?

그럼 가까운 마트에 가서 사오죠, 뭐.

포터링은 거창한 게 아니에요.

지나치게 많은 노력을 할 필요도 없고 멀리까지 가거나,
심지어 다른 사람들과 같이할 필요도 없어요.

포터링은 새로운 개념이 아니에요.

연습이 필요하지 않아요.

그저 있는 그대로를 말해요.

있는 것을 활용해보세요.

많이 움직일 필요도 없고

너무 애쓰지 않아도 돼요.

그저 디지털기기를 끄는 거예요.

그러면 포터링이 주는 편안함과 만족감을 느낄 수 있어요.

차례

포터링, 어렵지 않아요

하나

Pottering : the basics

차 한잔 끓이는 일로 포터링의 기본 원칙을 설명해볼게요.

전기포트에 물을 담아 올리고 코드를 꽂고 스위치를 눌러요.

켜짐 버튼에 기분 좋은 불이 들어왔나 확인한 뒤

물이 끓을 때까지 기다려요.

솔솔 수증기가 올라오기 시작하면 보글보글

물 끓는 소리가 들릴 거예요.

그리고 기다리면 알아서 물이 끓어요.

다 끓으면 딸깍 소리가 들릴 거예요.

티백을 꺼내 머그잔에 넣어볼까요?

좋아하는 머그잔에 담아도 되지만 그건 그리 중요하지 않아요.

우유를 적당량 부어요.

그런 다음 머그컵 안쪽에 티백을 대고 티스푼으로

꾹 누른 뒤에 쓰레기통이나 티백을 모아두는 통에

휙 던져 넣어요.

차를 휘휘 저은 다음 머그컵 가장자리에 티스푼을 대고

남은 물기를 톡톡 털어내요.

한 번에 여러 가지 일을 하려고 하지 말아요.

손가락은 주방 카운터에 올려놓고 톡톡 두드려도 좋고요.

이 같은 설명에서 알 수 있듯 포터링의 기본 원칙은 간단해요.

- o 있는 것을 활용해요(차, 우유, 물, 머그잔, 티스푼)
- o 너무 애쓰지 말아요(정해진 순서는 없어요)
- o 조금만 움직여요(물론, 많이 움직일 필요는 없어요)
- o 동네를 즐겨요(멀리 갈 필요는 없어요)
- o 디지털기기를 멀리해요(온라인 속 차는 아무 의미 없어요)

자, 이제 기본 원칙을 정리했으니 하나씩 차근차근 살펴볼까요.

있는 것을 활용해요

포터링은 기지를 발휘하게 하고 타협할 줄 아는 능력과
임기응변 능력을 길러준답니다.

차를 만들려고 하는데 차가 없다면 커피를 끓이면 되고

그것도 없으면 찬장에 있는 것 아무거나 괜찮아요.
무슨 이유에서인지 전기포트가 말썽이라면
냄비에 물을 끓여도 되고요. 우유가 없다고요?
그렇다면 차에 우유를 넣지 않는 러시아 사람들처럼
레몬을 한 조각 넣어보는 거예요.
포터링은 반짝반짝 기지를 발휘하게 해줄 뿐 아니라
완전히 새로운 경험을 맛보게 해줄 거예요.

너무 애쓰지 말아요

차를 만드는 방법에는 수백만 가지가 있어요.
게다가 수많은 결정을 내려야 하죠.
물 온도는 뜨겁게 할까, 아니면 약간 따뜻하게 할까.
찻잔에 담을까, 아니면 머그컵에 담을까,
아니면 찻주전자에 담을까.
우유는 처음에 넣을까, 아니면 나중에 넣을까.
양은 조금 넣을까, 많이 넣을까, 아니면 넣지 말까.
차는 과일차로 할까, 허브차로 할까, 녹차로 할까,

아니면 홍차로 할까.

홍차로 한다면 아삼asam으로 할까,

잉글리시 브랙퍼스트english breakfast로 할까.

심지어 둘은 비슷해요.

얼마나 우려내는 게 좋을까.

티백을 넣고 잊어버릴 정도가 좋을까,

아무리 그래도 식기 전에는 빼야 하지 않을까?

안 그러면 버리게 될 테니까.

아니면 그냥 잠깐, 티백을 물에 정말 **살짝 담갔다**만 **뺄까**.

조금만 움직여요

포터링은 일련의 동작들이 필요해요.

가만히 있는 게 아니에요.

그렇다고 멀리 혹은 빨리 움직일 필요는 없어요.

목적지도 없고 한참을 이동해야 할 거리도,

정해진 목표도 없어요.

철인 3종 경기가 아니니 긴장할 필요도 없고,

숨이 차거나 땀을 흘릴 필요도 없어요.

하지만 움직이지 않는다면 추진력을 잃게 될 거예요.

포터링 하나가 끝나간다는 생각이 들면

잠시 숨을 돌리고 이렇게 말해보는 거예요.

'자, 이제 무얼 하지?'

분명 다음에 무엇을 해야 할지 좋은 생각이 떠오를 거예요.

딱히 생각이 나지 않는다면 잠시 앉아 생각해보는 것도 좋아요.

동네를 즐겨요

집만큼 편안한 곳은 없어요.

굳이 밖으로 나가려고 하지 말아요.

물론, 대형 쇼핑몰은 아니더라도 근처 가게들을 돌아다니며

즐거운 시간을 보낼 수도 있어요.

어쩌면 드라이브를 나갈 수도 있겠죠.

하지만 목적지를 염두에 두거나 거리상 무리는 하지 말아요.

디지털기기를 멀리해요

24시간 소파에 앉아 주구장창 TV를 들여다보는 건
포터링이 아니에요.
휴대폰을 보며 머리를 식히는 중이라고 해도
그건 포터링이 아니랍니다.
집중은 하고 있을지 모르겠지만
소셜미디어에 끌려가고 있을 뿐이죠.
최신 정보에 발맞추려 애쓰고, 뭐 하나라도 놓칠까
두려워하다 보면 남는 건 공허함과 허탈함뿐이에요.
그럼 너무 비참하잖아요.
먼저 그런 모든 압박에서 벗어나보는 건 어때요?
포터링은 한 번에 한 가지 일만 하면 된다는 걸 잊지 마세요.
그렇다면 SNS를 들여다봐선 안 되겠죠?
포터링이 당신을 SNS에서 구해준 거예요!
게다가 포터링은 너무 사소해서
아마 SNS에 올리고 싶지 않을 거예요.
생각해보세요.
장보고 난 비닐 봉투를 잘 접어 현관문에 걸어둔

비닐봉투 정리함에 넣는 모습을 사진 찍어 올리고 싶겠어요?

아마 아닐걸요.

물론 평범한 일상을 기념하고 싶어 그러는 거라면

그건 칭찬받을 일이에요.

하지만 킴 카다시안Kim Kardashian이 의자에 올라가

천정에 붙은 거미줄을 떼려고 마른 행주를 휘두르는 모습을

SNS에 올린 적 있던가요? 아니요.

크리스티아누 호날두Cristiano Ronaldo가

젖은 행주로 식탁에 떨어진 식빵 부스러기를 훔치는

동영상을 올린 적 있던가요?

그런 일은 없었어요.

아예 구실을 만들지 마세요.

손목시계를 차면 휴대폰을 열고 시간을 확인할 일이 없어요.

중요한 날은 달력에 적어 눈에 잘 보이는 곳에 걸어두세요.

휴대폰 대신 창문을 내다보며 틈틈이 여유를 즐기세요.

다섯 가지 원칙을
꼭 지켜야만 포터링일까요?

움직이지 않으면 편하게 누워 쉴 수 있겠죠.
휴대폰을 들여다본다면
정말 여유 있게 시간을 보낼 수 있을까요?
열심히 노력해야 하고, 멀리 여행을 떠나야 한다거나
특별히 정성을 쏟아야 한다면 그건 너무 스트레스잖아요.
그러면 결국 마음의 평화는 깨지고 말 거예요.
맞아요.
이론상으로는 다섯 가지 원칙을 모두 지키는 게 좋아요.
하지만 솔직히 말해 꼭 그래야 하는 건 아니에요.
만약 포터링을 하나의 비즈니스 모형으로 표현한다면
한쪽이 기울어진 오각형 모양일 거예요.

있 는 것 을 활 용 해 요

둘

Make do with what you've got

포터링을 하다 보면 작고 소소한 일에 행복을 느낄 수 있어요.

특별한 장비 따윈 필요치 않아요.

있는 것을 활용하라는 말은 복잡하게 살지 말자는 말과 같아요.

선택의 여지가 별로 없어야

놀라운 기지가 발휘되는 법이거든요.

하다 보면 나름의 비법도 생기기 마련이죠.

가령, 수세미로 가스레인지 청소를 하다 보면 속이 터지죠?

그럴 땐 이쑤시개로 구석구석 보이지 않는 곳까지

긁어내는 거예요.

줄자가 어디에 있는지 모른다고요?

우리에겐 끈과 자가 있잖아요.

시간이야 조금 더 걸리겠지만 안 하는 것보다 낫지 않겠어요?

이탈리아 사람들, 특히 남부지역 사람들은

라르테 델아랑기아르시l'arte dell'arrangiarsi,

다시 말해 '임기응변 기술'을 발휘하는 자신들의 모습이

다소 우스워 보일 수 있다고 생각해요.
임기응변 기술은 무척이나 불편하지만
겉으로 보기엔 그럴싸한 옷을 입고 아무렇지 않게
앉아 있는 것과 같은 거예요.
사실 임기응변 기술은 '물러서지 않아.
나는 이 상황을 견뎌낼 것이고 최후에 웃는 자가 되고 말겠어.'
라는 의미를 담고 있어요.
가령, 마당에 천막이 없다면 집에 있는 비닐봉투, 접착테이프,
대나무 줄기로 임시 천막을 설치하는 것과 같은 것이죠.

할 일 하기

포터링은 주어진 상황과 자원을 십분 활용하는 거예요.
그러다 보니 대부분 집에서 하게 돼요.
'집안일'과 다르게 포터링만의 특징을 말한다면
천천히 한다는 데 있어요.
하나 끝내고 서둘러 다음 일로 넘어가는 건 포터링이 아니에요.
하루 동안 집에 있어야 한다면

흔치 않은 '여유'가 주어진 거잖아요.

그러니 서두를 이유가 없어요.

그런 날엔 옷장을 열고 옷걸이들을 모두 한 방향으로

정리하는 일처럼 평소에 하지 않던 일을 할 수도 있겠지만

미리 해두면 좋은, 작고 소소한 집안일을 하게 될 거예요.

무엇을 하든 포터링의 재미는 무궁무진하답니다.

세탁이 끝난 깨끗한 빨래를 너는 일을 예로 들어볼까요.

세탁기에서 은은한 향이 풍기는 빨래 뭉치를 꺼내세요.

빨래를 몽땅 담아 통풍이 잘되고

빨래를 널기에 적당한 곳으로 가져가세요.

빨랫줄도 좋고 난방기에 널어도 좋고

옷걸이를 이용해도 좋아요.

그렇다고 빨래 너는 일에 집중할 필요는 없어요.

빨래 뭉치를 풀어 헤쳐 젖은 수건을 탁탁 털 때

그 소리가 얼마나 듣기 좋은지 들어보세요.

이 일에 '체계' 따윈 필요 없어요.

빨래 뭉치나 세탁기에서 빨래를 하나씩 꺼내다

짝이 딱 맞는 양말 한 켤레를 발견해 빨랫줄에 널 때

그 기쁨을 느껴보세요.

침대에 놓인 깨끗하고 보송보송한 베갯잇과 시트를

상상해보세요.

사각사각, 보송보송, 아늑한 그 느낌.

행복한 잠자리가 당신을 기다리고 있을 거예요.

이미 눈치 챘겠지만,

'집안일'과 다르게 포터링은 억지로 하지 않아요.

작게나마 만족을 느낄 수 있는 일이죠.

무엇보다 할 일을 다 마치고 나면

으레 편히 앉아 쉴 수 있어요.

이제 주전자에 물을 올려놓고 가만 있어보세요.

포터링의 기본 원칙 기억나죠?

편히 앉아 있기

앉아서 뜨개질을 하든 나무를 조각하든 앉아 있는 행위는

움직임에 관한 포터링 원칙에 벗어나는 일이긴 해요.

차를 끓여 가장 편한 의자를 찾아 '와우' 탄성을 지르며

등을 기대고 앉아보세요.

그리고 집중해서 차를 조금씩 마셔보는 거예요.

편안한 자세로 5분만 가만히 있어보세요.

서둘러야 할 다른 일이 없다면

잠시 눈을 감거나 책을 읽어보세요.

원하는 만큼 편하게 앉아 있어보세요.

즉흥적 대처능력과 타협능력

인간은 실용적인 존재예요.

10만 년을 그저 있는 것만으로 이것저것 뚝딱뚝딱 만들며

지금껏 잘 살아왔어요.

그리고 우리는 모두 그 재능을 물려받았어요.

필요한 것과 원하는 것은 엄연히 달라요.

온기와 음식, 집, 그리고 함께할 사람은 필요한 것이지만,

다른 것들이야 있는 것으로 만들어 쓰거나

다른 것으로 대체할 수 있어요.

원하는 것은, 세계가 직면한 심각한 문제의 해결 방안을

찾는 일부터 방 한 귀퉁이 벽지가 벽에 잘 붙어 있기를
바라는 마음까지 아주 다양하죠.

사실 들떠 있는 벽지가 한참 눈에 거슬렸지만
무시하고 잘 살고 있잖아요.

'전 세계가 처한 문제 해결하기'와
'들뜬 벽지 붙이기'는 달성 가능성이라는
척도의 양 끝 지점에 있고 우리가 해결할 수 있는 정도를
보여주는 예라고 할 수 있어요.

혼자 힘으로 세상을 유토피아로 바꿀 순 없어요.

물론 노력이야 할 수 있겠죠.

하지만 들뜬 벽지는 끈끈한 것만 있으면 붙일 수 있어요.

꼭 벽지용 풀이나 접착제, 딱풀 같은 것이
있어야 하는 건 아니에요.

콘플레이크나 우유로도 할 수 있고 점성이 있는
녹말과 설탕 혼합물로도 할 수 있어요.

이처럼 즉흥적 대처능력과 타협능력은
당신이 얼마나 능력 있는 사람인지 보여줄 거예요.

집에 있는 것으로 하나씩 대처하다 보면

어느새 임기응변과 타협 분야에서 전문가가
되어 있을 거예요.

여기저기 뒤져보기

타협하고 절충안을 찾을 때도 있지만
때로는 그 일에 딱 필요한 것을 찾아야 할 때도 있어요.
'필요한 물건을 찾기' 위해선 어쩔 수 없이
서랍이나 찬장, 창고 같은 주변 공간을 뒤져야 하죠.
그러다 보면 자주 쓰지 않아 결국 치워버리지만
언젠가 요긴하게 쓰일 것 같은 물건들,
예를 들어, 딸기꼭지 제거 도구라든가 못이나 나사를
박기 전에 작은 구멍을 내는 데 쓰는 송곳 같은
수공구를 발견하게 될 거예요.
물건을 찾느라 이리저리 뒤지다 보면 까맣게 잊고 있었던
유용한 물건들, 예를 들어 크리스마스 파티용 폭죽 사이에서
튀어나온 안경용 작은 드라이버, 칵테일 셰이커,
곤충도감을 발견하게 될지도 몰라요.

나침반 세트와 철끈이 담긴 서랍을 뒤지다 보면
서랍 뒤쪽에서 이러저런 잡동사니들이 담긴 잼 병처럼
생긴 용기를 발견하게 될 거예요.
주방 서랍에 있는 깡통 속에는 잡다한 금속 물건들이
담겨 있을 거고요.
그 안에는 스테이플러 철심, 클립, 통자물쇠,
다양한 크기의 나사와 구부러진 철사 뭉치들이 들어 있어
탁탁 두드리면 달그락달그락 기분 좋은 소리가 날 거예요.
가끔씩 무엇이 필요한지 잘 모를 때가 있어요.
그럴 땐 일단 이곳저곳 뒤져보는 거예요.
공구함이나 다락, 계단 밑 서랍, 옷장 뒤, 장신구함,
문 옆 복도에 있는 그릇장처럼 구석구석
잘 보이지 않는 곳까지 살펴보세요.
접시 안에는 바다 건너 온 동전이나
주인 없는 열쇠만 있는 게 아니에요.
갈 곳 잃은 레고 블록부터 휴가지에서 기념으로 사온
마그넷, 굴러다니던 구슬, 주머니에서 나온
온갖 잡동사니들이 있을 거예요.

그러다 우연히 쓸 만한 것을 발견하면 둘 중 하나예요.

그냥 그대로 두거나―둘지 말지는 즉흥적인 결정이긴 해요―

아니면 필요한 곳으로 옮기는 거죠.

이때 조심할 게 있어요.

너무 신중하게 생각해 안전한 곳에 옮겨놓다 보면

다시 못 찾게 될지도 몰라요.

다시 생각해보면 그냥 그 자리에 두는 게

어쩌면 가장 현명한 결정일 수도 있어요.

그래야 다음번에 뒤적거릴 게 생기는 거잖아요.

잃어버리고 찾고 발견하고 또다시 잃어버리고 찾고 발견하고,

'뒤적거리기의 반복'이랍니다.

물건 위치 바꾸기

현명한 삶의 원칙이 있다면 그건 모든 물건을

제자리에 두는 거예요.

하지만 그 원칙에 구애받지 말고 자유롭게 순서도 바꿔보고

배열도 바꿔보고 정리정돈을 해보세요.

식기 서랍을 예로 들어볼까요.

스푼, 나이프, 포크, 특이한 도구들, 그리고 코르크 마개들을
모두 꺼낸 뒤에 식기류 받침대를 꺼내 싱크대에 대고 뒤집어
탁탁 털어내세요.

그러곤 다시 품목별로 정리해 담는 거예요.

물론 부스러기들은 치워야겠죠.

꽃병이나 식물처럼 장식용 물건들도 위치를 바꿔보세요.

선반에 놓인 위치를 살짝 바꿔본다거나

벽난로 위로 옮겨보세요.

아니면 다른 방에 놓는 것도 좋아요.

'스타일'과 '배열'에 맞춰 옮겨보세요.

살짝만 바꿔도 확 달라질 거예요.

물건들은 있어야 할 곳에 두세요.

많이 한가롭다면 책들을 가나다순으로 배열해보거나

색깔별로 정리해보세요.

그러면 선반이 우아하게 정돈돼 보인답니다.

이런 일은 하고 싶다는 생각이 들 때만 하세요.

꼭 해야 하는 일은 아니니까요.

찬장이 바로 상점

있는 것 활용하기의 주요 원칙은

주방 수납장에 있는 기본 식료품을 가지고

그럴싸한 음식을 만들어내는 거예요.

수납장에는 쌀이나 밀가루가 있을 테고,

건조식품과 유통기간이 긴 가공식품, 통조림식품, 저장식품,

그리고 피클류처럼 오래 두고 먹어도 괜찮은

식품들이 있을 거예요.

유명 셰프라면 찬장에 중동요리에 사용하는 향신료

수막sumac이나 레몬절임 등이 있겠지만

우리에게 그런 게 있을 리 없고,

또 필요도 없어요.

석류 농축액처럼 음식의 맛을 돋우는 재료로

삶을 색다르게 만드는 일은 전문가들에게 맡기기로 해요.

우리는 그런 재료들을 사용할 일이 많지 않을 테니까요.

혹시라도 남은 걸 '다 써버리려면' 음식마다

넣어야 할까 잠시 고민할 수도 있지만

파스타나 샌드위치처럼 우리가 흔히 만드는 음식에는

어울리지 않아요.

사실, 그런 재료가 찬장에 있으면 사 놓고 쓰지 않아

죄책감은 들겠지만 결국엔 잊어버리고 한 4년쯤 뒤,

유통기한이 지나버린 후에야 발견하게 될 거예요.

생선초밥 키트도 마찬가지 취급을 당할걸요.

처음에야 야심차게 준비했겠죠.

가족들에게 생선초밥을 맛있게 만들어주고 싶었을 거예요.

단순하면서 건강에도 좋은 선택처럼 보였을지도 몰라요.

하지만 '따라 하기 쉬운' 설명서가 있음에도 불구하고

결국 각종 도구는 부담스러운 도구가 되어버리곤 하죠.

주방 어딘가에 개봉도 안 한 상자를 볼 때마다

약간의 실패감이 들 수도 있어요.

그럴 땐 수납장 문을 닫아버리고 다른 물건들처럼

나중에 확인하면 되죠, 뭐.

쓸데없는 식재료는 애당초 사지 않는 게 좋아요.

그냥 있는 것들로 만들어보세요.

냉장고로 가서 문을 열고 쓱 한번 훑어보세요.

주방 수납장도 하나씩 열고 재빨리 훑어보는 거예요.

바로 지금이 기지를 발휘할 순간이에요.

있는 것들로 뭘 만들어 먹지?

참치와 치즈를 곁들인 감자구이, 오믈렛, 페스토가 들어간

파스타, 다 지금 집에 있는 재료들로 만들 수 있는 것들이에요.

찬장은 필요한 옷만 딱 들어 있는 캡슐형 옷장 같으면서도

영양까지 더해주는 '캡슐형' 상점이랍니다.

찬장에는 파스타를 비롯해 쌀, 페스토,

달걀, 잼, 빵, 과일, 양파, 통조림 토마토 등이 있을 테고,

냉장고에는 냉동베리, 냉동 옥수수, 냉동 시금치,

냉동 생선살 등이 들어 있어요.

식재료가 다 떨어져간다면,

냉장고에도 해먹을 음식이 얼마 남지 않았다면

동네 가게에 들러보세요

포터링을 하는 이유

포터링은 '뭔가 할 일'을 준답니다.

포터링을 하는 이유에 대해 생각해보세요. 그리고 물어보세요.

포터링을 왜 하고 있지?

약간의 기분 전환이 필요해서?

잠시 미뤄두거나 하고 싶지 않은 일이 있어서?

누군가 부탁을 하지 못하게 바쁜 척하려고?

잠시 쉬었다 가고 싶어서?

하루쯤 쉬고 싶어 뭔가 핑곗거리가 필요한가요?

택배 받을 게 있다고 해볼까요.

'9시나 4시 사이'에 온다는 연락을 받았어요.

하루 중 가장 황금 같은 시간대죠.

여러분은 한숨을 쉬며 친구에게 '택배 기다려'라고 말할 테고

그러면 친구는 고개를 끄덕이며 공감해줄 거예요.

하지만 속으론 집에 머물며 아무것도 하지 않고

7시간을 보낼 생각에 한껏 들떠 있을 거예요.

딱히 해야 할 일이 없거나 할 수 있는 상황이 아니라면

집에 있는 것들로 이것저것 해보면서 시간을 보내보세요.

그러면 스트레스가 확 날아갈 거예요.

시간을 되돌릴 이유도 없고 지나간 시간에 대해

지나치게 고민할 필요도 없어요.

다시 한 번 말하지만 포터링은 어떤 계획이나

목적이 있는 게 아니에요.

포터링은 그저 당신이 할 수 있는

가장 자발적인 일이랍니다.

자발적이라니, 흥미진진하지 않나요?

셋

너무 애쓰지 말아요

Don't try too hard

있는 대로 하라는 말은 완벽하려

애쓰지 않아도 된다는 말이에요.

포터링은 하루의 휴식이에요.

쉬어가는 일이고 온갖 압박에서 벗어나는 일이죠.

끊임없이 쏟아지는 업무에 치여

매일매일이 정말 바쁘게 느껴질 거예요.

심지어 주말까지도.

포터링을 하다 보면 조금이나마 한숨 돌릴 수 있어요.

물론 포터링을 하고 안 하고는 어디까지나 개인의 선택이에요.

어쩌면 내가 이렇게 사소한 데까지

신경 쓸 여력이 있나 싶을지도 몰라요.

포터링은 소소하지만 일종의 반항이기도 하죠.

열심히 하지 않을 때 특히 그렇게 여겨질 거예요.

스웨터에 난 보풀을 하나도 남김없이 완벽하게

떼어낼 순 없어요.

잠시 좋아 보일 순 있지만 금세 또 떼어내야 하니까요.

포터링을 하러 밖으로 나가도 좋아요.

그건 그리 어려운 일이 아니에요.

즐거운 시간을 보내려고 애쓸 필요도 없고

최선을 다할 필요도 없어요.

그저 상쾌한 공기를 쐬며 느긋하게 공원을 한 바퀴 돌면 돼요.

원하는 대로 유연하게

포터링은 철저함이라는 스펙트럼에 존재하는

유연한 활동이에요.

테이블보에 떨어진 빵부스러기를 털어내는 일처럼

금방 끝나기도 하고 휴일에 해안가를 따라 걸으며

새로운 장소를 발견하는 일처럼 몇 주가 걸리기도 해요.

시간을 여유롭게 보내는 일은

포터링의 또 다른 특징이라 할 수 있어요.

가로축은 '완벽함의 정도', 세로축은 '여유 시간'으로 정하고

그래프로 나타낸다면 사람마다,

그리고 노력하는 방법에 따라

그래프의 모양이 다르게 나타날 거예요.

포터링은 한 가지 곡선으로만 나타나는 게 아니에요.

한 번에 한 가지 일에만 몰두하기를 좋아하는 사람이라면

그래프가 지속적인 상승곡선을 그리며

생산성을 보여줄 거예요.

만약 휴식도 그런 방식으로 취하는 사람이라면

포터링을 할 때도 마찬가지일 거예요.

반면, 한 가지 일을 하다가 금세 다른 일을 하거나,

잠시 시간을 내 차를 마시다 마침 도착한 택배를 열어

내용물을 살펴보고 포장지를 처리하고,

그러다 처음에 하던 일을 잊어버리는 사람도 있을 거예요.

괜찮아요.

후자의 경우, 그래프가 매우 짧은 데다

연결곡선을 그리진 않을 거예요.

사실 그래프만 보면 많은 일을 끝낸 것처럼 보이지 않을 거예요.

하지만 당신은 여러 소소한 일들을 끝내며

편안하게 그 '흐름'을 이어갔을 테고

완전히 다른 모양의 그래프를 만들어낸 거예요.

포터링의 모순

모두가 포터링 전문가이지만,

모두가 포터링 전문가일 필요는 없어요.

왜냐하면 포터링 전문가가 될 필요까지는 없거든요.

이 두 가지 사실은 모순되지만 둘 다 맞는 말이에요.

포터링을 자주 할 수는 있지만 '잘하고 못하고'는 없어요.

성공에 대한 기준점도 없죠.

그러니 포터링 능력에 대해 자신감을 가져도 좋아요.

여러분의 '노력'과 '성취'에 태클을 걸 사람은 없어요.

모든 일에 자부심을 가져도 돼요.

남은 음식을 얼리기 위해 뚜껑 없는 그릇에 담고

거기에 얼추 맞는 뚜껑을 찾아 덮었다고 해서

뭐라 할 사람은 없어요.

그런 일은 '잘하고 말고'가 없는 일이잖아요.

뭔가를 하고 있다는 것

포터링의 기본 원리 가운데 '너무 애쓰지 말라'는 말은
'아예 노력조차 하지 말라'는 말이 아니에요.
'위아래가 붙은 잠옷을 입고 휴대폰을 든 채
앉아만 있으라'는 말이 아니에요.
포터링은 **뭔가를 하고 있기 때문에**
마음이 편안해지는 거랍니다.
그래서 움직이되 디지털기기를 멀리하는 것이 중요하죠.
또 한 가지 기억할 것은 포터링은
좋아서 해야 한다는 점이에요.
가벼운 집안일이나 DIY 작업에서도
어느 정도 만족감을 느낄 수 있어요.
물론 만족의 정도야 사람마다 다르겠지요.
청소를 좋아하지 않는 사람에게 청소기 돌리는 일은
포터링이 아니에요.
반면 양말 짝 맞추기를 좋아하는 사람이라면
그 일도 포터링이 될 수 있어요.
설거지를 예로 들어볼게요.

싱크대 볼에 물을 채우세요.

흐르는 물에 손가락을 대고 온도를 확인해야겠죠.

주변을 둘러보세요.

세제를 찾아 싱크대에 넣고 거품을 풀어보세요.

잠시 멈추고 물이 개수 구멍으로 빠지는 것을 지켜보세요.

물 온도를 다시 한 번 확인하고 그릇들을 모은 다음

음식찌꺼기는 쓱쓱 모아 쓰레기통에 휙 던져 넣으세요.

다시 물을 받아 더러운 게 남아 있지 않도록 빡빡 닦아내세요.

헹굴지 말지, 물기를 털어낼지 말지는 내키는 대로 하세요.

마른 행주로 반짝반짝하게 닦아낼 필요는 없어요.

잠시 그대로 두었다 나중에 치워도 상관없어요.

집안일과 DIY 작업은 생산적인 일이에요.

그래서인지 소소한 일들을 하다 보면

별다른 노력을 기울이지 않아도 쓸모 있는 일을 하는 것처럼

느껴질 거예요. 바로 장점 가운데 하나지요.

사람들은 대개 당신이 그 일을 하도록 내버려둘 거예요.

만약 당신의 목적이 누군가의 부탁을 피하는 거라면

제법 괜찮은 방법이겠죠.

이런 소소한 일들에는 여러 가지가 있어요.

바닥 쓸기

바닥을 쓰는 일은 특별히 잘할 필요도,

완벽하게 할 필요도 없어요.

할 수 있는 만큼만 하세요.

가령, 집 앞을 쓸 경우 쓰레기를

길 한쪽이나 화단 쪽으로 쓸어두면 돼요.

담가두기

특히 여기저기 태워 잘 닦이지 않는 프라이팬이나

케첩을 떨어뜨린 밝은 색 옷은 물에 담가두세요.

몇 시간 후, 팬은 찌꺼기를 긁어내고

빨래는 물기를 꼭 짜기만 하면 끝이에요.

시간은 얼마든지 조절할 수 있어요.

잊어버리지만 않는다면요.

30분도 좋고 48시간도 좋아요.

정리하기

가방을 정리하세요. 내용물을 모두 꺼내

쓰레기통에 넣어야 할지, 다른 곳에 치워야 할지,

아니면 다시 가방에 넣어야 할지에 따라 물건을 분류하세요.

가방에 굴러다니는 종잇조각이나

부스러기 같은 것은 털어내세요.

동전은, 본인 것이 맞다면, 주머니에 넣고요.

고치기

단추를 달거나 옷이 살짝 뜯어졌다면 꿰매세요.

화장실 문 안쪽에 수건을 걸 수 있는 고리를 달아보세요.

청소 '전문가' 되기

전구 유리덮개를 빼서 먼지와 죽은 벌레를 털어내세요.

점검하기

자전거가 있다면 기름칠을 해보세요.

자전거를 엎어 페달과 바퀴를 돌려보세요.

노력은 적게, 만족은 크게

어떤 포터링은 너무 사소해 아주 넓게 봐야 유용할 수 있어요.
하지만 그런 일들이야말로 마음에
여유와 휴식을 가져다준답니다.

단추나 작은 잡동사니는 작은 병 같은 곳에 담아두세요.
옷핀이나 훅도 그 안에 담아두고 길을 잃고
돌아다니거나 남는 단추가 보이면
그것도 병 안에 담아두세요.

오래된 봉투는 적당한 크기로 잘라
메모지로 변신시켜 보세요.
잘 펼쳐 접은 뒤 칼이나
편지 칼로 잘라 집게로 집어두세요.

과일은 우묵한 그릇에 담아두세요.

베개는 볼록하게 만들어두세요.

높이야 물론 개인 취향이지요.

혹시라도 화나는 일이 있다면

세게 탁탁 두드리는 것도 좋아요.

●

후추 그라인더에 통후추를 채워 넣고

장식용 스테인리스 통에 커피를 담아두세요.

●

다소 헐거워진 나사는 조여두고

떨어진 것들은 풀로 붙여두세요.

●

미로를 따라 구슬을 굴려 구멍에 넣는 게임을 해보세요.

너무 많이 기울이는 바람에 구슬 하나가 도망치거든

반대쪽으로 기울이면 된답니다.

●

혼자서 카드놀이를 해보세요.

하다가 막히면 카드를 슬쩍 들춰봐도 좋아요.

아니면 1000피스짜리 퍼즐을 맞춰보세요.

꼬리에 꼬리를 무는 포터링

소소한 일들이 포터링 기회를 만들고
포터링이 또 다른 소소한 일들을 폭포수처럼 쏟아내곤 하지요.
가령, 구급상자를 정리하기로 마음먹고
상자를 훑어보다 보면 주방용 가위를 발견하게 될 때도 있어요.
그동안 가위가 어디 갔지 궁금해하며
끈 같은 것을 자를 때마다 잘 들지도 않는 칼로 자르며
위험하다고 생각했을 거예요.
이제 가위를 제자리에 가져다 놓으세요.
구급상자에서 발견한 먹다 남은 아스피린은
약상자 안에 모아두세요.
자주 사용하는 체온계와 별로 맘에 들지 않는 여분 체온계도
같이 두세요.
왜 그런지 이유는 모르겠지만
구급상자 안에 손전등도 있을 거예요.
아마 방충제나 한 번도 사용하지 않은 팔걸이 붕대처럼
무의식적으로 '비상시 필요한 물건'이라고
생각했기 때문일 거예요.

손전등에 배터리가 없으면 펜을 찾아 '배터리 구입'이라고
쓰며 할 일 목록을 만들어요.

더 살펴보다 보면 유통기한이 지난 감기약도 보일 거예요.

그럼 이제 감기약도 구입 목록에 추가해야겠군요.

자, 이제 여러분은 약국에 들러 오래된 약들을 처분하고
새로 사와야겠다고 마음을 먹게 될 거예요.

집을 나설 좋은 핑곗거리가 생긴 거죠.

그럼, 또 다른 포터링의 기본 원칙,

'움직이자'로 넘어가볼까요.

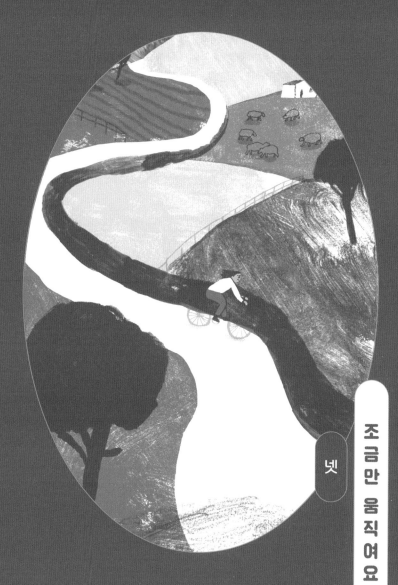

넷

조금만 움직여요

Movement

여러분은 중요한 일을 앞두고

사소한 일들을 먼저 처리하곤 하나요?

'이 자질구레한 일들을 끝내야 중요한 일에

온전히 집중할 수 있어.'

사소한 일들을 처리하면서

스스로 마음의 준비를 하는 중이라고 생각하곤 하나요?

가령, 주방 카운터를 닦고 쓰레기통을 비워야

여권 신청서를 작성할 수 있다고 생각하는 것처럼 말이에요.

어렵고 복잡한 일을 하기에 앞서

쉬운 일부터 처리할지도 몰라요.

시험공부처럼 중요한 일을 앞두고

책상 정리를 하는 것처럼 말이에요.

갑자기 벌떡 일어나 몸을 이리저리 움직이며

한숨 돌려야 공부에 다시 집중할 수 있다고 느낄 수도 있어요.

몸을 움직이는 일이 바로 핵심이에요.

억지로라도 움직여야 할 것 같은 때도 있어요.

가령, 파티가 끝나고 아침까지 그냥 둘 수도 있겠지만

어느새 치우고 있을 거예요.

그래야 긴장을 풀고 편한 마음으로

잠자리에 들 수 있을 테니까요.

흐름 유지하기

핀란드에 산다고 해서 모두 사우나를 하고

아름다운 풍경을 벗 삼아 하이킹을 하지는 않아요.

오롯이 휴식을 취하며 저녁시간을 보내는 이들도 있어요.

팬츠드렁크päntsdrunk란 바로

'집에서 속옷차림으로 알코올 음료를 마시며

혼자만의 시간을 즐기는 일'을 가리키는 핀란드 말이에요.

포터링 역시 팬츠드렁크처럼 혼자 하는 경우가 많아요.

물론 술에 취할 필요는 없어요.

사실, 알코올 음료는 입에 댈 필요도 없어요.

속옷 차림일 필요도 없고요.

게다가 포터링은 움직이는 일이 매우 중요하기 때문에
가만히 있지 않죠.
오히려 소소한 일들을 하며 움직여야 태극권이나 명상법처럼
마음을 비우는 데 도움이 될 거예요.
가령, 마당 수도꼭지에 끼울 기다란 호스를 사러
잠시 나갔다 오는 것도 힐링이 될 수 있어요.
물론 잠깐의 외출은 태극권처럼 조용히,
주말 내내 할 수 있는 건 아니지만요.
게다가 포터링은 절대 잘할 필요가 없어요.
솔직히 잘하고 못하고를 구분하기도 어렵답니다.

'자, 눈을 감고 마음을 비우고……
그 순간 해야 할 일이 머리를 스쳐지나간다.
매트에서 냄새가 나, 냄새나는 매트에
내 얼굴을 대고 있다니……
잡다한 걱정이 시작된다…… 눈을 뜬다.
저 여자가 입고 있는 탑이 참 예쁘군.
라이크라 함유율이 좀 더 높은 걸로 사야겠군.'

요가처럼 마음을 느긋하게 해주는 유익한 활동을

할 때조차 생각이 딴 데 가 있고 마음이 뒤숭숭하다면

효과를 제대로 볼 수 없어요.

포터링은 꼭 해야 하는 것도, 몸 바쳐 할 것도 아니에요.

따로 배울 필요가 없으니 평가받을 이유도 없어요.

흐르는 대로 자연스럽게 하면 돼요.

그러다 보니 순서의 구애가 없고, 연습도 장비도 필요치 않고,

일부러 특정 장소에 가야 할 필요도 없어요.

분리 수거나 창문 청소처럼 일상생활 속에 푹 빠져드는 거예요.

포터링을 하면서 움직이다 보면 잡생각이 사라져요.

하나가 끝나면 바로 다음 할 일로 넘어가야 하거든요.

예를 들어볼게요.

세탁물을 꺼낸다.

●

하나로 모은다.

●

의자 위에 올려놓는다.

●

주방 카운터에 떨어진 우유방울을 발견한다.

●

찻물을 올린다.

●

의자에서 떨어진 양말 한 짝을 발견한다.

●

우유를 닦는다.

●

물이 끓었다. 차를 우린다.

●

스푼을 싱크대에 넣는다.

●

바닥에 떨어진 정체를 알 수 없는 부스러기를 발견한다.

●

양말을 주워 다른 세탁물에 올린다.

●

세탁물을 들고 나간다.

●

마당 청소를 해야 하는지 둘러본다.

●

물뿌리개에 물을 채운다.

●

식물에 물을 준다.

●

차를 마시러 안으로 들어간다.

●

스푼을 씻는다.

●

차를 마신다.

포터링을 한다고 해서 모든 일이 착착 진행되는 건 아니에요.
일의 순서가 늘 정해져 있는 것도 아니고
언제나 예측할 수 있는 것도 아니니까요.
다른 일을 하기 위해 하던 일을 반드시 끝낼 필요는 없어요.
두었다 나중에 해도 상관없어요.

차를 저은 스푼을 싱크대에 던져 놓았다 나중에 씻으면 되듯이.

할 일이 보여도 그냥 무시하세요.

바로 그 자리에서 할 필요가 없다는 걸 명심하세요.

포터링은 정해진 '순서'가 따로 없으니까요.

소소한 집안일들을 하다 보면 어느새 생각에 잠기게 될 거예요.

사색에 빠지게 만드는, 반복되는 포터링의 동작은

체조나 댄스 같다고 할 수 있어요.

일련의 동작을 한데 모아보면

어쩌면 우아하게 보일지도 몰라요.

심지어 고상하기까지 할걸요.

건조기에 쌓인 먼지를 제거하거나,

화장실 수납장 꼭대기에 제품을 올려놓으며

세상 걱정을 잊고 명상에 빠져든다고 할 수는 없겠죠.

하지만 물 흐르듯 하나하나 포터링을 하다 보면

어느새 몰두하게 되고, 어떠한 강요나 압박이 없기에

해방감을 맛보게 될 거예요.

확실히 몰두와 해방감은 마음에 평화와 만족을 가져다준답니다.

방해를 받아도 괜찮아요

포터링을 하는 중에 방해를 받으면 마음이 불편해요.
기분 좋은 감정의 흐름이 끊기기 때문이지요.
이론상으론 방해가 문제될 건 없어요.
하던 일을 잠시 멈췄다 다시 하면 되거든요.
하지만 포터링을 하는 중에 방해를 받으면
마치 누군가가 방의 불을 꺼버린 것 같은 기분이 들게 돼요.
하지만 절대 불편해하지 말아요.
그 방해가 시답지 않다면 하던 일을 마저 끝내면 되니까요.

포터링은 순서대로

다른 사람의 일상과 습관을 이해하기란 쉬운 일이 아니에요.
하던 일을 중간에 멈추고 다른 일을 하는 걸
끔찍이 싫어하는 사람도 있어요.
일을 할 때 논리적으로 접근하기를 좋아하는 사람이라면
더더욱 이해 못할 일이죠.
다행히도 포터링에는 정해진 방법이나

표준화된 형식이 있는 게 아니니 당황할 일은 없어요.

물론 포터링이 '순서대로' 진행된다면 더 편하겠죠.

좀 더 깔끔하고 완벽하게 할 수 있을 테니까요.

한 가지 일에만 집중할 수도 있고요.

하나를 끝내고 다른 일을 하는 거죠.

한 시간가량 마당에 잡초를 뽑아요.

그러곤 손을 씻고 작업복을 벗어요.

소파에 앉아 신문을 읽어요.

다 읽고 나서 신문을 잘 접어두어요.

이제 점심 먹을 시간이에요.

자리에서 일어나 주방으로 가요.

이런 식으로 차례차례 포터링을 하다 보면

한 가지 일에 집중하게 된답니다.

하나씩 하다 보면 부담이 되지도 않고요.

복잡한 일은 생각할 겨를이 없어요.

물론 순간순간 '바쁘다'고 생각할 수도 있겠지만

서두를 필요는 없어요.

한 가지 일에 집중하기

커다란 수납공간을 정리하는 일처럼

규모가 큰 포터링을 할 때 집중이 그 진가를 발휘해요.

우선, 수납장의 문을 열고

일의 규모가 얼마나 되는지 가늠해보세요.

비교적 정리가 쉬운 선반부터 시작하세요.

대체로 눈에 보이는 곳, 최근에 뭔가를 올려놓은 곳일 거예요.

아니면 뭐가 어디에 있는지 잘 아는 공간부터 시작해도 좋아요.

그곳부터 시작해 공간을 하나씩 비워나가는 거예요.

그러면서 정말 안 쓰는 것들은 쓰레기통으로 보내버리는 거죠.

남은 것들은 마음속으로 네 가지 영역으로 분류해보세요.

'다른 곳에 있어야 할 것', '다시 수납장에 넣어야 할 것',

'어떻게 처리해야 할지 잘 모르겠는 것',

'언젠간 쓸모 있는 것'.

'다른 곳에 있어야 할 것'에는

재활용품이나 기부물품도 있을 거예요.

이렇게 수납장을 비우고 나면

여러분 앞에 네 개로 나눠진 물건 더미가 있을 수도 있고 사방이 온갖 물건으로 난장판이 될 수도 있어요.

뭐 어때요.

다른 곳으로 가야 할 물건들은 한쪽으로 치우고

나머지 물건들은 도로 수납장에 넣으면서 정리하세요.

그런 다음 '어떻게 처리해야 할지 모르겠는 것'과

'언젠간 쓸모 있는 것'을 놓고 결정을 못 내리겠다고

핑계 댈 필요는 없어요.

어차피 이 물건들은 다음에도 똑같이 고민하게 될 테니까요.

DIY도 느긋하게

벽지를 바르거나 화장실에 타일을 보수하는 포터링은

여유 있게 천천히 해도 되고, 라디오를 틀어놓고 해도 되고,

중간중간 한숨을 돌려도 괜찮아요.

여기서 주의할 점은 느긋하게 하다 보면

나머지 가족들이 엄청난 불편을 느낄 수 있다는 거예요.

물건을 쓰려고 보면 '제자리에 없을' 테니까요.

취미생활을 포터링으로

한 가지 일을 포터링으로 할 수도 있어요.

취미로 손뜨개나 실내장식을 하는 사람이 있어요.

그런 취미는 손을 떼었다가도

언제든지 다시 시작할 수 있기 때문에

이상적인 데다가 취미로 많이들 좋아하는 일이에요.

여러분, 잘할 수 있는 일을 현명하게 선택하세요.

앤티크 가구 수집, 이탈리아 모터바이크 타기,

빅토리안 스타일로 온실 복원하기처럼 좋아하는 일이어야 해요.

특정 장비가 필요한 취미가 포터링에 더 좋다는 사실,

잊지 마세요.

필요한 장비를 모으고 정리하는 데 시간을 꽤 써야 하거든요.

사실, 커피 내리기, 필름 사진 찍기, 집에서 술 만들기도

장비가 많이 필요해요.

한 번쯤 뭔가 시도해보고 싶을 때가 있죠?

그럴 땐 향초 만들기나 칵테일 만들기에 도전해보세요.

잘할 필요는 없어요.

한번 해보면 해봤다고 말할 수도 있잖아요.

캐러멜로 슈 페이스트리를 쌓아 올려 만드는

장식용 케이크인 크로캉부슈 만들기에도 한번 도전해보세요.

뭔가 만들다 보면 노력한 결과물이 눈에 보이고

그에 따른 성취감을 느낄 수 있어요.

빈티지 자동차를 복원하는 일처럼 평생을 노력해도

결코 끝이 없는 일도 있어요.

차를 분해하고, 하나하나 메모하고, 부품에 라벨을 붙여

'안전한' 상자에 담다 보면, 물론 나중에 부품을 찾느라

여기저기 뒤적거릴 테지만, 행복을 느낄 거예요.

딱 맞는 전구를 찾고,

가죽 핸들을 복원하고 차체에 녹이 슬지 않도록

약품처리를 하고,

이 밖에 여러 가지 일들을 하다 보면

소소한 성취감이 하나씩 느껴질 거예요.

빈티지 자동차를 복원하려면 몇 가지 기술도 익혀야 해요.

그 과정에서 차량 정비와 공학, 용접을 배우게 될 거예요.

필요한 부품과 공구를 구하러 전문점을 찾게 될 테고

찾고 있는 특정 부품이 있나 판매대를

기웃거릴 수밖에 없을 거예요.

그런 열정이 이야깃거리를 만들고

좋은 정보를 얻게 해준답니다.

그뿐만 아니라 취향이 같은 사람들을 만나 정보를 공유하고

다양한 이야기를 나눌 수도 있어요.

잠시 외출하기

포터링을 하다 보면 가끔씩 구두 굽을 수선하거나

쓰레기봉투를 사러 '갑자기 집 밖을 나서야' 할 때가 있어요.

갑작스런 외출은 정말 뭔가가 필요해서이기도 하지만

장면의 변화를 가져오기도 해요.

포터링을 하는 중이었다면 잠시 멈추고 집을 나서야 하니까요.

중간에 그만두고 싶지 않다면 어떻게든 나가지 말고

하던 일을 끝내는 게 좋아요.

지나치게 모험을 할 이유는 없어요.

잠시 집순이가 되는 것도 나쁘지 않아요.

잠시 미뤄두는 것이야말로

포터링의 매력이라는 사실을 잊지 마세요.
하지만 결국엔 밖에 나가 필요한 것을
구해 와야 할지도 몰라요.
그럴 땐 하던 일을 얼른 끝내거나
잠시 그대로 두고 다녀오세요.
밖에 나와 우체국을 지나다 보면
생일카드를 보내야 한다는 사실이 떠오를 수도 있어요.
우체국 안으로 들어가 우표를 사고 집으로 돌아와
카드를 쓴 다음, 다음 번 외출할 때 부칠 수 있도록
현관문에 꽂아두세요.
나중에 머리 자르러 갈 때 부치면 되겠다고 생각하면서.

좀 더 멀리 나가보기

누군가와 다니기도 편리하고
교통비도 적당한 대중교통을 좋아하는 편인가요?
아니면 출근할 때 붐비는 지하철이나 버스 탓에
대중교통을 싫어하는 편인가요?

생각이야 왔다 갔다 할 수 있죠.

붐비는 출퇴근 시간보다는 사람들이 많지 않은 낮 시간에는

대중교통이 훨씬 나아요.

사람들도 느긋하고 훨씬 매너가 있지요.

버스 승객들은 서로 낯이 익어 버스에 오를 때

가볍게 인사를 건넬 수도 있어요.

지하철에서도 옆자리에 앉을라치면 가방을 치워주며

미소를 지어줄지도 몰라요.

러시아워 때와는 꽤 다른 풍경이죠.

대중교통을 이용하면 시간은 더 걸릴지 몰라도

기다리는 중에 인내심이 길러질 거예요.

무엇보다 포터링을 하는 날은 시간의 제약에서 자유롭잖아요.

시간은 좀 걸리겠지만 창밖도 내다보고

사람들도 구경하면서 느긋하게 즐기세요.

창밖에 펼쳐지는 광경 중에 눈에 띄는 것은 없나요?

사람들은요? 새롭게 알게 된 것은요?

명탐정 셜록 홈즈가 되어 이리저리 둘러보며

사람들마다 숨겨진 그럴싸한 이야기를 만들어보는 건 어때요?

시간이 많으면 많을수록 더 멀리 나가보고

더 흥미로운 경험을 할 수 있어요.

대중교통은 동네가 아닌, 낯설고 이국적인 곳으로

멀리멀리 데려다줄 거예요.

중간에 아무 곳에서나 내려도

새로운 경험과 자유가 펼쳐질 거예요.

당일치기 여행

딱히 계획은 필요 없어요.

대충 생각만 하세요.

이럴 땐 애매한 게 좋아요.

'시내'에 나가볼까,

아니면 '시골'에 가볼까 하는 식으로 대충 정하세요.

목적지를 정해둘 필요는 없어요.

목적지를 정해두지 않은 여행도 나름 재미있답니다.

마음이 내키는 대로 다니며 뜻밖의 즐거움을 느껴보세요.

하루 종일 이곳저곳을 다니며 포터링을 하다 보면

많은 경험을 할 수 있어요.

박물관에 들어가 구경도 하고 기념품 가게에 들러

엽서도 한두 장 구입해도 좋고

계획에 없던 낯선 카페에 들어가 보기도 하고요.

시장, 아기자기한 골목, 멋진 들판, 장관을 이루는 하늘.

처음 가보는 곳을 둘러보며

새로운 풍경들을 감상해보세요.

집에 있는 먹을거리 몇 가지를 챙겨가는 것도 좋아요.

집에 있는 게 사과랑 견과류뿐이라면 어때요.

그게 바로 소풍인 거죠.

직접 차를 몰고 드라이브를 가도 좋아요.

차키를 찾은 다음 차에 올라 집게손가락으로

핸들을 톡톡 두드리며 크게 숨을 내쉬는 거예요.

드라이브를 간다고 해서 영화의 한 장면처럼

어마어마한 곳으로 떠날 필요는 없어요.

자동차 대신 자전거를 타고 나가도 좋아요.

사람들에게 좋다고 들어는 봤지만

아직 가보지 못한 곳으로 출발하세요.

아니면 그동안 해보지 못한 것들을

즉흥적으로 해보는 것도 좋아요.

바닷가로 가 아이스크림을 먹는 일은 어때요?

다섯

동네를 즐겨요

Keep it local

동네에서 해결하는 것은 편리하기도 하거니와

마음가짐과 공동체 의식과도 관련이 있어요.

아프리카 남부 말에 공동체 의식을 잘 보여주는

우분투ubuntu라는 말이 있어요.

'우리가 있어 내가 있다'라는 말이죠.

뭔가가 필요해 잠시 집 밖을 나서 걷다 보면

이웃 사람들, 가게들, 개를 데리고 산책 나온 사람들,

서로서로 관계 맺기를 시작하게 될 거예요.

그런데 왜 나온 거죠?

비난이 아니라 진짜 궁금해서 묻는 거예요.

뭔가를 구하려는 작은 미션을 수행 중인가요?

아니면 이리저리 돌아다니며 기분 전환 중인가요?

날씨 확인하기

멀리 가지 않을 테니까 휴대폰을 열어
날씨를 확인할 필요는 없어요.
가장 좋은 방법은 문을 열고 밖을 내다보는 거죠.
두툼한 코트를 입었는지, 우산을 들었는지,
지나가는 사람들만 봐도 알 수 있잖아요.
이맘때 날씨가 어땠지?
어제는 어땠더라?
바람을 느껴보거나 하늘을 올려다보세요.
하늘이 흐리고 바람이 꽤 많이 불 것 같다면
문을 닫고 외출을 잠시 보류하세요.
하늘은 흐리지만 바람이 선선하다면
코트를 입어야 할지도 몰라요.
만약 밖에 나갔는데 비는 내리고
우산도, 코트에 달린 모자도 없다면
버스 정류장이나 도서관으로 피해야겠죠.
날씨가 덥고 청명한 하늘에 탐스러운 뭉게구름이
두둥실 떠다닌다면 선크림이나 모자가 필요해요.

돌아올 땐 아이스크림을 먹으며 오는 건 어때요?
아, 그리고 출발할 때 현관문 옆 접시에 놓인 차키 잊지 말고요.

동네 가게의 좋은 점

가게는 걸어서 6분 정도 거리라면 좋아요. 금상첨화죠.
왔다 갔다 15분이면 되잖아요.
슬리퍼를 끌고 갈 수 있는 거리라면 더더욱 좋겠죠.
우유를 하나 사러 가더라도 가방은 가져가세요.
갑자기 마음이 동해 끈이나 봉투, 줄 없는 노트 같은 걸
충동구매 할 수도 있으니까요.
참 이상하죠, 동네 가게에는 그런 물건들을 꼭 팔더라고요.
무엇보다 동네 가게의 좋은 점은 믿을 수 있다는 거예요.
우유나 빵 같은 필수품도 있고, 으깬 감자나 양파에
허브 세이지를 섞어 버무려놓은 것처럼
갑자기 손님이 들이닥쳤을 때
곁들여 내거나 속 재료로 쓸 수 있는 비상식품들도 있고,
물만 넣으면 되는 냉동건조식품이나 진공포장식품도 있어요.

전문상점이 있나요?

특정 품목을 취급하는 전문점은 동네에서 찾기도 어렵고
오히려 동네에서 좀 멀리 떨어져 있는 편이에요.
집 근처에 이런 전문점이 아직 남아 있다면
정말 운이 좋은 거랍니다.
서점, 주방용품점, 철물점, 무엇이 됐든
장인의 손길이 닿은 물건과
예전 모습을 간직하고 있는 상점들은 어김없이
사진을 찍게 만들어요.
하지만 불쑥 들어가 SNS용 사진만 찍지는 말아요.
뭐라도 사고 구경도 좀 하고 그래야 하지 않겠어요.
전문점을 북극곰처럼 심각한 멸종위기에
처한 종이라고 상상해보세요.
시내나 번화가에만 있는 전문점을
동네에 살릴 수 있는 방법이 있어요.
당신이 사는 동네에 그런 가게가 있으면 좋잖아요.
전문점은 동네에 흥미를 더해줄 뿐 아니라
물건을 구하러 멀리까지 가지 않아도 되거든요.

혹시, 동네에 아직 전문점이 남아 있다면, 자주 이용하세요.
아예 정해놓고 그곳에서 선물을 사거나 구실을 만들어
습관처럼 자주 들러 보는 거예요.
장인의 손길이 담긴 델리는 단순히 음식 갤러리가 아니에요.
그것은 사업이랍니다.
손님들이 있어야 살아남을 수 있는 거지요.
번화가와 치열하게 싸우는 아마겟돈에서 살아남은
동네 가게들은 세 가지 경우 가운데 하나예요.
바로 전문 분야에 대해 잘 알고 있는 사람들과
연결고리가 있다는 점이죠.
동네 가게는 믿을 만하고, 없는 게 없어요.
철물점에는 원숭이 꼬리모양의 창문 잠금장치도 있고,
도르래 빨랫줄도 있고 심지어 나사도 낱개로 판매한답니다.
또 동네 가게는 고객의 취향에 맞춘 주문 제작이 가능해요.
그 가게의 주인장은 할리우드 특급배우에 준하는 매력과
존재감을 가진 사람이죠.
그런 사람과 잠시라도 시간을 보낼 수 있다는 건 기쁨이고
소중한 경험이에요.

주인장의 카리스마 덕분에 그 상점을
만족스럽게 이용할 수 있답니다.
동네 가게를 방문하면 정말 좋은 점이
카운터 직원과 시간을 보낼 수 있다는 거예요.
단골이 되면 더 가까워질 테고
가게에 머무르는 시간도 길어지죠.
인사를 건네며 들어가 나올 때는 손을 흔들며 고맙다고,
잘 있으라고 하겠죠.
대형마트에 가서 똑같이 해보세요.
아마 그 사람들이 놀라 소스라칠걸요.

하릴없이 동네 둘러보기

'가게'는 동네 사람들이 모이는 곳이에요.
도서관, 우체국, 술집, 카페는 어떤가요?
주민센터도 있겠네요.
정기적으로 도서관에서 책을 빌리고 반납하거나
뭔가 새로운 것을 배우러 저녁 강좌를 다녀보세요.

별안간 서점에 들러 잡지도 한 권 사보는 거예요.

그러곤 벤치를 찾아 여유를 느껴보는 거죠.

벤치에 앉아 시원한 바람을 맞으며 잡지를 훑어보며

생각에 잠겨보는 거예요.

그렇게 이곳저곳을 돌아다니며 동네를 알아가보세요.

배달된 우유가 주는 기쁨

우유가 배달되는 과정을 살펴볼까요?

그리 멀지 않은 어딘가에서 우유가 유리병에 담겨 밀봉되고

상자에 담겨 우유 배달차에 실릴 거예요.

낮게 윙윙거리며 이동하는 소형 전기 자동차 말이에요.

새벽 두 시에 일어나 배달 준비를 마친 우유 배달원은

배급소에서 출발해 우유와 다른 기본 식료품을 배달하죠.

일반우유, 저지방우유, 무지방우유, 유제품, '비건치즈'와 같은

유제품 대용 식품, 주스와 빵, 완전히 맞춤형 배달이에요.

운이 좋다면 지역특산 제품이나

명인이 만든 제품을 받아볼 수도 있어요.

영국 우유 배달 서비스의 가장 좋은 점은

바로 우유병을 '씻어서 돌려줄 수 있다'는 거예요.

치사하게 식기세척기에 넣지는 말아요.

직접 씻어야죠.

병에 물을 약간 담아보세요.

물이 이리저리 튈 거예요.

손으로 입구를 막고 위아래로 흔든 다음

병을 뒤집어 물을 빼내세요.

물이 콸콸 흘러나올 거예요.

그런 다음 병을 들고 현관으로 가 '땡그랑' 소리와 함께

밖에 내놓으세요.

이제 우유배달원이 병을 회수해갈 거예요.

유리병 하나로 지구를 살릴 수 있다니 얼마나 좋은 일이에요.

이렇게 아름답고 규칙적이고 반복적인 과정을

지켜보는 것만으로도 흐뭇한 일이랍니다.

이 얼마나 기분 좋은 일인가요!

우유대금을 받으러 문을 두드리는 우유 배달원과

이야기 나누는 것도 잊지 마세요.

이웃사촌과 반갑게

우유병을 내놓는 일은 이웃을 만날 수 있는 절호의 기회랍니다.

이런 점에서 쓰레기통을 비우러 나가거나

현관 계단 청소도 효과 만점이지요.

처음엔 눈을 마주치고 고개를 끄덕이는 일로 시작해요.

다음엔 '좋은 아침', 활기찬 짧은 인사를 건네고 손을 흔들겠죠.

머지않아 서로의 집을 오가며 수다를 떨게 될 테고

어쩌면 동네 술집에 들러 즐거운 시간을 보내게 될지도 몰라요.

가까운 곳에 의지할 사람을 찾게 된 거예요.

이 얼마나 값진 일인가요!

디지털 기기를 멀리해요

여섯

쾌락주의를 세상에 알린

그리스 철학자 에피쿠로스Epicurus는

즐거움이 인간의 궁극적 목표이지만 즐거움을 추구하는 일이

도를 지나쳐서는 안 된다고 주장한 바 있어요.

행복은 심플 라이프에서, 다시 말해 극도의 흥분보다

친구들과의 소소한 수다에서 오는 거라고 말했죠.

이런 소소한 행복이 마음에 평화와 만족을

가져다준다고 생각했어요.

친구와 수다를 떨고, 사람들을 만나고,

동네를 돌아다니다 보면 외롭고 쓸쓸할 일이 없답니다.

뭐든 지나치면 좋지 않아요.

특히 사람과의 단절을 가져오는 디지털 서비스와

디지털기기의 경우는 더욱 그렇죠.

TV를 보며 쉬고 있다고 해볼게요.

두 번째 에피소드가 끝나갈 즈음

당신은 아마 '이제 끝나가는군'이라고 생각하며

몇 편이 더 남아 있나 확인할 거예요.

45분씩 6편 남았군요.

좋아요.

하지만 다 보려면 4시간 반이 걸릴 거예요.

이미 8시간에 걸쳐 시즌1을 끝냈고

시즌2의 첫 두 편을 봤으니

또다시 빠져들 것 같은 기분이 들 거예요.

한편으론 친구들을 못 본 지 오래고

4시간 반씩이나 투자하고 싶진 않을 거예요.

더군다나 시즌3, 4, 5가 줄줄이 남아 있고요.

만약 3배속으로 돌려 전체적인 흐름만 이해할 생각이라면

어느 시즌을 건너뛰고 어느 시즌을 '봐야 할지'

또 고민이 되겠죠.

결국 TV 시청은 휴식에 전혀 도움이 되지 않아요.

솔직히 말해 TV를 끄고 차라리 다른 걸 하는 게 나아요.

너무 과해요

디지털 서비스와 기기는 은행 업무, 여행 관련 업무,

일기 관리까지 다방면으로 매우 유용해요.

마치 현대판 스위스 아미 나이프 같다고 할까요.

하지만 디지털기기가 제아무리 시간 관리를 해준다 해도

단 한순간도 마음이 편하진 않아요.

디지털 서비스는 편의를 제공하지만, 아이러니하게도

디지털기기에 많은 시간을 쓸수록 더 시간에 쫓기게 돼요.

오히려 디지털기기 덕분에 할 일도 많아지고

확인해야 할 것들도 늘어나 늘 '접속' 상태에 있어야 하고

SNS에 어마어마한 시간을 소비하죠.

새로움에 대한 갈증으로 끊임없이 온갖 종류의 글을 살펴보고

재미있는 것을 찾아 시간을 보내지만

사실 그리 만족하지는 못해요.

예전 같으면 '너무 많은 정보'라는 말이

'개인적인 것들을 지나치게 공유한다'는 의미였다면

요즘은 말 그대로 정보가 지나치게 넘쳐나고 있어요.

쉬지 않고 끊임없이 쏟아지죠.

당신은 시대의 흐름에 뒤처지지 않기 위해서

얼마나 많이 휴대폰을 확인하나요?

혹은 휴대폰을 열면 답이 있을 테고

나중에 확인할 수도 있으니 검색과 확인을 미루기도 하나요?

다들 미루지 않을걸요.

아이러니하게도 휴대폰은 세상의 모든 정보를 가져다주지만

그와 동시에 자연스러운 호기심과는

점점 멀어지게 하는 것 같아요.

디지털 라이프는 포터링에 어울리지 않아요

'디지털화' 대신 우리가 할 수 있는 것들을 생각해볼까요?

좋아하는 사람들과 얼굴을 맞대고 대화를 나눠보면 어떨까요?

펜과 종이를 들고 목록을 만들어보는 건요?

그리고 그런 일들이 가져다줄 기쁨이

얼마나 클지 생각해보세요.

디지털 라이프는 포터링에 어울리지 않아요.

그 이유는 다음과 같아요.

디지털 라이프는 '움직임'이 충분치 않아요.

하지만 포터링은 동작이 이어지죠.

다시 말해 하나의 동작에서

다른 동작으로 물리적 이동이 있어야 해요.

●

다양성이 부족해요.

끊임없이 떵동거리며 획획 지나가는 알림 메시지는

쓸데없는 소음을 유발해요.

이에 비해 포터링은

뒤에서 흘러나오는 라디오 소리를 제외하곤

아주 조용하답니다.

디지털 라이프와 동떨어진 삶을 산다고 해서

반드시 나쁘지만은 않아요.

세상은 정말 다양해요.

내가 남과 다르다고 느끼는 것은 세상과

세상 속 수많은 사람들이 궁금하기에 생기는

지극히 자연스러운 반응이지요.

하지만 여기서 정말 이해할 수 없는 것은

겉으로 보이는 모습을 중시하고

자신과 세계관이 정확히 일치하지 않으면

사력을 다해 끊임없이 비웃고, 무시하고, 소리친다는 점이에요.

그런 모습을 매일 지켜봐야 한다니 정말 슬프기 짝이 없어요.

우리에게 있던 예의는 다 어디로 간 건가요?

하지만 포터링에는 그런 말도 안 되는 일은

애당초 볼 일이 없을 거예요.

평가 따윈 존재하지 않는다는 것도 알게 되죠.

사실, 디지털기기를 멀리하고 사용을 제한한다면

끊임없이 쏟아지는 메시지나 정보, 초대받지 못한

여러 행사의 현실과 거리가 먼 사진과 이미지들로

폭탄 맞을 일은 없어요.

그 모든 것들을 굳이 보지 않고도

얼마든지 시간을 보낼 수 있어요.

이제 사람들은 당신에게 무언가를 팔려고 하지도 않을 테고,

예쁜 것을 자랑하지도 않을 테고,

아무 상관없는 무의미한 말들을 늘어놓지도 않을 거예요.

그들이 얼마나 재미있게 사는지 들여다볼 이유도 없고요.

SNS는 즐거워야 할 모임에 방해가 되기도 해요.

멋진 사진을 찍으려고 설정에 애쓰다 보면

자연스러움이 사라지기 마련이지요.

가령, 친구와 근사한 저녁식사를 한다고 상상해볼게요.

당신은 무엇보다 SNS에 어떻게 보여줄지부터 생각할 거예요.

가장 근사하게 보이기 위해 마음속으로 구상을 하겠죠.

사진을 찍기도 전에 이미 나는 어떻게 보일까,

남들은 나를 어떻게 볼까,

불안과 걱정의 작은 불씨가 싹트는 게 보일 거예요.

그럴 거면 사진을 찍지 말고 그냥 즐기는 게 어때요?

디지털기기를 멀리하면 멋지게 보이기 위해

사진을 어떻게 찍을까, 멘트는 어떻게 달까,

그런 고민을 할 필요가 없어요.

포터링은 그럴싸한 사진 따위 필요 없거든요.

어떻게 보일까, 그런 신경은 쓸 필요도 없죠.

그저 즐겁게 일하고 그 시간을 있는 그대로 즐기면 돼요.

어떠한 방해도 없이 오롯이 사람들과

즐거운 시간을 보낼 수 있어요.

이것이야말로 진정한 해방 아닐까요?

일이 잘 풀리지 않을 때는 포터링을 하세요.

마음을 느긋하게 먹고 한동안 그 일에서

한 발짝 물러나 있는 거예요.

디지털기기를 멀리하려면 어떻게 해야 할까요?

디지털 디톡스 버킷리스트를 소개할게요.

사람 만나기

사람들과 어울리다 보면 디지털기기보다

훨씬 더 재미있고 즐겁다는 걸 알게 될 거예요.

그들은 당신을 포근히 안아주고

당신을 향해 미소를 지어준답니다.

어쩌면 당신이 원하는 답을 줄 수 없을지도 몰라요.

하지만 당신이 지치고 힘들 땐

따뜻한 위로의 말을 건네주고

당신의 마음을 보듬어줄 거예요.

디지털기기를 끄고 사람들과 함께한다면

분명 그들 중 누구라도 조언과 충고를,

훈계와 설명을,

'그럴싸한' 아이디어와

소박한 '지혜'를 나눠줄 거예요.

쉬지 않고 화면을 스크롤하며

글과 사진을 보는 것보다

훨씬 의미 있고 훨씬 만족스러운 일이죠.

사람들은 당신을 얼마나 아끼는지 보여준답니다.

물론, 얼굴을 찡그릴 수도 있고 짜증을 낼 수도 있어요.

하지만 적어도 당신 스스로 어디에 있는지 알고,

또 뭐가 문제인지 그 자리에서

상대방에게 물어볼 수 있잖아요.

상대가 언짢한 이유가 궁금해도

SNS에선 물어보지 못하잖아요.

직접 얼굴을 맞대고 이야기를 나누면

SNS처럼 상처를 주는 말이나 한 줄 대화로 끝나진 않아요.

귀 기울여 듣고 반응을 해주죠.

그들이 당신에 대해 알아가는 만큼

당신도 그들에 대해 알아가게 되고요.

검색창과 달리 질문을 하고

상대방이 적절한 대답을 생각하는 동안

기다려야 할 수도 있어요.

특히 어려운 질문이라면 말이죠.

대화를 나누며 눈을 마주치고 몸짓을 읽을 수 있어요.

누군가 당신의 글을 읽고 '좋아요'를 눌렀을 때

생성되는 도파민과

누군가 당신을 실제로 좋아한다고 느꼈을 때

그 기쁨을 비교해보세요.

줄서기

특별히 급할 거 없죠?

마트에 가면 셀프 계산대보다는

계산원이 있는 계산대에 줄을 서도록 하세요.

기다리는 동안 휴대폰은 보지 말고요.

당신 차례가 되었을 때

주위를 둘러보며 뿌듯함을 느껴보는 거예요.

계산대는 누구나 일등을 할 수 있는 곳이라고요?

노력하면 노력한 만큼의 대가가 따르는 그런 곳이랍니다.

전화 걸기

집, 사무실, 공중전화. 휴대폰이 보편화되기 전에는

이 세 곳에 가야 전화를 걸 수 있었어요.

휴대폰이 처음 출시되었을 때 엄청났었죠.

어디서든 전화를 걸 수 있었으니까요.

이젠 동네에서 공중전화 박스를 찾아

전화를 거는 일이야말로 정말 특별한 일이 돼버렸군요.

그야말로 진귀한 풍경이 되었어요.

집전화가 있다면 집전화로 전화를 걸어보세요.

아무에게나 전화를 걸어 수다를 떠는 거예요.

처음엔 좀 어색할지 몰라요.

미리 그 사람에게 전화를 걸겠다고 문자를 보내지 않았다면

뭐하는 짓인가 싶을 수도 있어요.

장담컨대, 전화를 받은 사람은 받자마자

'엄만 줄 알았어', '난 또 우리 할머니라고'라고 말할 거예요.

왜냐하면 엄마나 할머니들은 집전화로 전화를 하거든요.

그것도 아니면 전화 가입을 권유하는 광고전화쯤으로

생각했을 거예요.

그런데 전화를 건 사람이 다름 아닌

소식이 궁금했던 당신인 거죠!

편지 쓰기

포터링을 하는 사람에게 편지 쓰기는

기회의 황금 밭이에요.

서랍을 뒤져 종이와 펜을 꺼내보세요.

편지지가 참 많이도 남아 있죠?

무엇을 쓸까 고민해보세요.

그러곤 펜을 들고 직접 손 글씨로 편지를 써보는 거예요.

우표를 사려면 직접 우체국에 가야 할 수도 있어요.

편지지를 정확히 네모나게 접어 봉투에 넣어보세요.

주소록을 뒤져 주소를 적고 편지를 부치러 나가야겠죠.

가령, 항의서 같은 편지는 차근차근 써 내려가다 보면

생각이 정리되고 하고 싶은 말을

고상하게 했다는 생각에 뿌듯해지기도 한답니다.

편지와 카드, 쪽지를 쓰는 일은 노력이 필요해요.

편지를 받는 사람은

당신의 노력을 충분히 받을 만한 사람일 거예요.

편지로 애정, 감사와 칭찬, 친절과 위로를 전하고

당신이 무슨 일을 했는지 이야기하고

수취인의 안부도 물을 수 있어요.

며칠 후 편지는 수취인의 문 앞에 도착할 거예요.

편지는 문자처럼 바로바로 답장이 오진 않아요.

'고마워'라는 기분 좋은 말도,

'≥3≤(뽀뽀)' 같은 이모티콘도,

'나도 사랑해♡'라는 말도 없어요.

편지는 그런 종류의 만족감을 주진 못해요.

정말 답장을 받고 싶다면

주소가 적힌 봉투에 우표까지 붙여 동봉할 수도 있겠지만요.

손 편지는 말하지 못한 사랑과

감사의 소중한 마음을 담을 수 있어요.

마음이 담긴 편지는 편지를 받는 이에게

당신의 존재를 떠올리게 한답니다.

당신의 편지가 정말 소중하다면

편지를 받은 사람은 편지를 읽고 또 읽고

소중히 간직할 거예요.

그리고 그 편지는 영원히 기억될 거예요.

신문이나 잡지 읽기

종이신문이나 잡지는 아무리 내려도

끝이 없는 스크롤 기능이 없어요.

둘 다 끝이 있죠.

전체적으로 쭉 훑어볼 수도 있고,

재미있어 보이는 기사를 찜해둘 수도 있고,

읽고 싶은 순서대로 읽을 수도 있어요.

관심 없는 광고가 나오면 페이지를 넘기면 돼요.

기사를 읽으려고 할 때마다 광고가 계속 튀어나와

깜박거리지도 않죠.

잡지에도 눈길이 가지 않는 것들이 있을 거예요.

반면 이번이 아니라면

절대 몰랐을 흥미로운 이야깃거리도 있을 거고요.

사진첩 만들기

마음에 드는 사진을 골라 인화해 사진첩에 넣어보세요.

그러곤 자주 들여다보며 좋았던 그때를 떠올려보세요.

다른 누군가와 사진을 같이 보며

그날 그곳을 자세히 떠올려보세요.

오래된 가족 앨범을 꺼내보세요.

사진을 보다 보면 1960년대 이전 사람들은

모두 눈을 가늘게 뜨고 있다는 사실을 알 수 있을 거예요.

그때는 밖에 나가야 사진에 필요한 빛을

확보할 수 있었기 때문에

거의 모든 사진을 밖에서 찍었답니다.

1960년대와 1970년대에 찍은 사진을 보다 보면

적어도 한 가지 놀라운 사실을 발견할 수 있을 거예요.

가령, 커튼, 헤어스타일, 아기 바로 옆에서

담배를 피우는 사람 같은 거 말이에요.

시계 보기

시간을 확인하려고 휴대폰을 열었다가

알림 메시지에 정신이 팔려 결국 시간 빼고

다 확인하는 일을 하루에 몇 번이나 하고 있나요?

시계가 있으면 이런 무의미한 일을 피할 수 있어요.

단, 심장박동이나 걸음 수를 재거나

큰 소리로 지시를 내려야 하는 시계 말고

시간을 보여주는 시계가 필요해요.

디지털시계 말고 태엽을 감는 손목시계가 좋아요.

목록 작성하기

펜과 종이를 가까이 두고 기억해야 할 일과

해야 할 일을 전부 적어두세요.

오늘의 할 일, 사야 할 것들,

초대해야 할 사람들,

읽고 싶은 책들, 좋아하는 노래,

당신의 포부와 인생의 목표들.

메모지나 봉투 뒷면을 이용해보세요.

눈에 잘 보여야 실행에 옮기기도 쉽거든요.

일기 쓰기

일정 기간 일어난 일들과 생각을 노트에 적어보세요.

한두 문장이면 돼요.

매일 적지 못했다고 해서,

있었던 일이 기억나지 않는다고 해서

걱정할 필요는 없어요.

일기 쓰기는 기억을 활성화시켜

현재의 나를 돌아볼 수 있는 통찰력을 길러준답니다.

다이어리에 인쇄된 대로

1월 1일부터 쓸 필요는 없어요.

말하고 싶지 않은 비밀까지

자세히 쓸 필요도 없고요.

당신이 읽은 책의 간단한 목록,

당신이 먹은 음식,

혹은 당신이 정원에서 한 일.

일기에는 당신의 관심거리가 담겨 있을 거예요.

라디오 듣기

라디오는 포터링의 더할 나위 없는 친구랍니다.

특히 라디오는 편안한 배경음악이 되어주죠.

즐거움과 유용한 정보, 의견,

실제와 허구의 이야기를 들려주며

방해가 되지 않는 룸메이트 같은 존재랍니다.

음악 방송의 경우 모든 채널이 취향에 맞지는 않을 거예요.

그럴 땐 다음 곡을 기다리거나 채널을 돌려보세요.

지도와 가이드북 들고 여행하기

당일치기 여행이나 휴가를 계획할 때

지도가 없어서는 안 돼요.

인터넷 도움 없이 가보고 싶었던 곳,

좋다고 들었던 곳,

근처의 소도시나 바닷가에 어떻게 갈지

계획해보는 거예요.

지도책으로 시작하면 좋겠죠?

찾아보기에서 목적지를 찾으면

페이지와 위치가 쓰여 있을 거예요.

목적지에 도착하면 길을 찾을 수 있도록

그 지역 지도를 구하세요.

아니면 현지인처럼 보이는 사람에게

길을 물어보거나 가볼 만한 곳을

추천해달라고 부탁해보세요.

휴대폰에 의존해 길을 찾기보다는

미리 적어둔 주소를 보고 먼저 거리를 찾은 다음,

건물번호를 보며 최종 목적지를 찾아가는 거예요.

가이드북을 읽어가며 출발 전 미리 계획을 세워보세요.

동네 도서관에 가면 가이드북을 대여할 수 있을지도 몰라요.

가보고 싶었던 곳을 모두 적어보세요.

참고도서 찾아보기

처음은 단어와 단어의 차이를 알고 싶은 마음에서 시작해요.

그런 다음엔 어휘력을 늘려야겠다고 생각하죠.

어휘 사전과 동의어 사전을 찾다보면

아주 조금씩 똑똑해진다는 느낌이 들 거예요.

노트에 좋아하는 단어를 적어보세요.

재미 삼아 다른 참고도서들도 찾아 읽어보세요.

레시피 적어두기

친구, 가족, 그리고 동료들에게

먹어본 음식 중 가장 맛있었던 음식이 무엇인지 묻고

그 레시피를 적어두세요.

잡지에서 찢어두는 것도 좋아요.

어쩌다 맛있게 요리된 음식이 있다면

당신만의 레시피도 적어두세요.

책을 빌려보다 그럴싸해 보이는 레시피가 있다면

그것도 적어두세요.

아직도 디지털기기와
헤어지기 힘들다고요?

잠시 동안 모든 디지털기기를 멀리하세요.

무음 모드나 비행기 모드로 두세요.

아니면 다른 사람에게 맡겨두는 것도 좋아요.

그것도 아니면 방전시켜 버리세요.

휴대폰에 관심을 두지 않는 건강한 습관을 길러보세요.

휴대폰을 볼 때마다 마음속으로 말하는 거예요.

'너 정말 지긋지긋하구나.'

그러곤 정말 지긋지긋하다고 생각하는 거예요.

그럴 수도 있지 않겠어요?

휴대폰 사용 시간을 정해놓거나 사용을 제한해보세요.

예를 들어 전화를 걸 때만 사용한다거나

걸려오는 전화만 받는다거나 하는 식으로요.

외출할 땐 집에 두고 나가보는 것도 좋아요.

그래도, 꼭 필요할 땐 사용해야죠

끊임없이 쏟아지는 정보에 계속 접속하는 것도 큰 문제지만

디지털 서비스가 워낙 편리하고 유용하기 때문에

영원히 외면한 채 살 순 없어요.

심지어 포터링에도 필요할 때가 있어요.

가령 다음 버스가 언제 오는지 보려면 앱을 이용해야 하고,

기사를 전파하려면 방법을 찾아봐야 하고,

택배를 예약해야 하죠.

하지만 가끔씩 현명하게 사용 시간을 제한해보는 거예요.

식사시간, 사람들과 함께 있는 시간,

취침시간 휴대폰 사용금지.

스스로 사용 규칙을 세워보세요.

●

모든 알림기능, 소리나 진동은 끄고

시간을 뺏는 앱들은 지워버리세요.

●

사용하지 않거나 잘 사용하지 않는 앱,

스트레스와 지루함을 유발하는 앱은 삭제하세요.

●

달력, 알람시계, 라디오, TV, 유선전화,

신문, 메모지와 펜, 지도와 현금.

쓸데없이 휴대폰을 확인하지 않도록

아날로그식 대안을 찾아보세요.

이것만으로도 충분히

21세기를 준비할 수 있답니다.

소셜 미디어를 놓치고 싶지 않은 불안심리를 일컫는

포모(FOMO, fear of missing out) 증상을 이겨내세요.

'친구'들이 당신을 빼고 모인 것을 본다거나

이런 일들이 반복되면 자존감에 상처를 입게 돼요.

그럴 땐 그 친구들을 모두 차단해버리세요.

해보세요.

당신은 차단 버튼보다 소중한 존재랍니다.

보이는 것을 다 좋아할 순 없어요.

그게 죄는 아니잖아요.

반응을 보이지 않는 것도 연습이 필요해요.

만약 누군가가 뭐든지 당신과 반대로 말하고,

의도적으로 당신을 도발하려고 한다면

감정적으로 반응하는 대신 혀를 쯧쯧 차고

눈을 부라리며 화를 낸 다음 무시해버리세요.

계절별 포터링

일곱

포터링은 일 년 내내 하는 활동이지만

특정 달에 하게 되는 포터링도 있어요.

상황과 시간, 날씨에 따라 할 수 있는 포터링이 따로 있거든요.

창밖 내다보기

마당에 아름다운 꽃이나 나무가 있다면,

먹이통을 오고가는 새들이 있다면,

창밖을 내다보는 일이 무엇보다 힐링을 안겨다주지요.

하지만 한참을 앉아 있다 보면 몸이 근질거리고

살짝 지루하다고 느껴질 거예요.

그렇다면 이제 움직일 때가 온 거랍니다.

자리에서 일어나 기지개를 켜고 창가로 가

커튼을 열고 멍하니 창밖을 바라보세요.

잠시 그대로 서서 청소부, 개를 산책시키는 사람,

멋진 자동차, 꽃으로 가득한 앞마당을 바라보세요.

이웃 사람이 인사를 건네면 환하게 웃으며 손을 흔들어주세요.

날씨가 어떤지 살펴보세요.

잠깐 외출을 해도 좋을 만큼 날씨가 화창한지,

아니면 약간 쌀쌀한지, 집에 있는 게 나을지,

아니면 나가는 게 좋을지.

어느 쪽이 됐든 즉흥적으로 포터링을 하게 된답니다.

마당에 나가기

식물, 나무, 산들바람, 그리고 새들의 노래 소리를 들으며

마당에 나가 있으면 참 좋아요.

발코니에 놓인 화분, 주방에 놓아둔 허브, 작은 텃밭,

초록이들을 보살피고 기르고 확인하는 일은

계절을 맞아 할 수 있는 포터링의 하이라이트랍니다.

봄이 오면 쓱싹쓱싹 길을 쓸고 잔디를 깎는 일을 시작해요.

열정적으로 정원을 가꾸는 사람이라면 씨앗을 뿌리고,

잡초를 뽑고 식물을 작은 화분에서 큰 화분으로

분갈이를 하거나 아니면 땅에 옮겨 심기도 해요.

그저 새싹이 자라는 것을 보는 것만으로도 흐뭇할 거예요.

식물을 들여다봐야 하니 밖으로 나갈 이유가 생긴 거죠.

봄, 여름, 가을, 성장기를 거칠수록

마당에 신경을 덜 써도 괜찮아요.

살짝 신경을 못 쓴다고 해도 식물들은 잘 자라니

가드닝이 서툰 사람에게 더할 나위 없죠.

식물도 사람처럼 음식과 물, 햇빛이 필요하답니다.

퇴비도 줘야 하고요.

흙이 말라 보이면 언제 어디서든 물뿌리개에 물을 채워

이리저리 물을 뿌려주세요.

지저분한 잎이랑 잔가지는 적당한 도구가 없거든

가위로 잘라주세요.

잡초는 주기적으로 뽑아주세요.

땅은 파서 평평하게 고르세요.

라벤더나 로즈마리처럼 향이 좋은 식물의 잎사귀를

손으로 훑어보세요.

제라늄은 잘 자랄 수 있게 시든 꽃을 잘라주세요.

주기적으로 여기저기 떨어진 잎들을 긁어모아 두세요.

세찬 바람에 뒤집힌 의자나 넘어진 삽은

똑바로 세워놓아야 하고요.

사용하지 않는 화분들은 작은 것부터 차곡차곡 쌓아놓으세요.

가드닝에 대해 더 자세하게 알고 싶다면

도서관에 가서 관련 책을 빌려보면 좋아요.

버스를 타고 동네 화원에 가서 무엇이 피어 있고

무엇이 예쁜지 구경해보세요.

더 좋은 방법은 마당을 멋지게 가꾸고 있는 이웃과

이이야기를 나눠보는 거예요.

가드닝 전문가를 알고 있다면 도구를 빌려 쓰고 돌려주며

조언을 구해보세요.

새와 야생동물

꽃을 찾아온 벌, 연못 위를 맴도는 잠자리,

주변을 날아다니는 새들,

분주히 움직이는 생물들을 지켜보면 마음이 평화로워져요.

새 모이통을 하나 마련해놓으면 밖을 내다보게 된답니다.

일주일에 한 번씩 모이를 채워놓으세요.

가끔씩 모이통이 비거든 따뜻한 비눗물로 잘 씻어주세요.

그러면 모이통도 깨끗해지고 새들도 건강해진답니다.

그러곤 마당에 앉아 자연이 살기 위해

어떤 노력을 하는지 지켜보세요.

야외에서 하는 여가활동

원반, 농구골대에 골 넣기, 공이 땅에 닿지 않게 저글링하기,

이런 활동들은 오랫동안 할 필요도 없고,

시간과 노력을 지나치게 기울일 필요가 없는 것들이에요.

카드와 선물 사기

주변 사람들의 생일을 알아내 달력에 적어두세요.

그렇게 해두면 생일에 맞춰 카드를 보낼 수 있고

'생일을 챙겨주는 사람'으로 알려질 거예요.

나갈 일이 있을 때 카드를 종류별로 구입해두었다

필요할 때 꺼내 쓰세요.

휴가를 가거나 당일치기 여행을 갈 때,

아니면 동네 가게에서 선물을 구입하세요.

누군가에게 딱 맞는 선물을 발견하거든 망설이지 말고 사세요.

특히 당신에게 선물을 잘 주는 사람이라면

더더욱 보답하고 싶을 거예요.

약속 정하기

사람들에게 전화를 걸어 커피나 한잔하자고 하든가

저녁에 같이 영화나 보자고 해보세요.

같이 쇼핑을 하자고 해도 좋고요.

아니면 날을 정해 친구들을 초대해보세요.

가끔 새로운 사람을 초대하다 보면 인간관계가 넓어진답니다.

날짜를 서너 개 정해 선택하라고 해보세요.

약속한 날에 맛있는 음식을 준비하세요.

요리는 최고의 포터링 가운데 하나랍니다.

몇 가지 괜찮은 레시피를 알아두고 마트에 가 재료를 산 뒤

레시피를 따라 해보세요.

꼭 고급 요리일 필요는 없어요.

겨울엔 오븐구이, 여름엔 바비큐,

그 밖에 다른 날엔 파스타라든가 쉬우면 쉬울수록 좋아요.

중요한 건 함께하는 사람들이잖아요.

휴대폰을 들여다보지 않는 모임이면 좋겠어요.

이상적으로 보자면 초대받은 사람은 답례로

당신을 초대할 거예요.

초대에 응했다면 약속을 꼭 지키세요.

더 좋은 초대를 받더라도 절대 수락하면 안 돼요.

선약이 있다고 정중하게 거절하고

다른 날은 어떠냐고 물어보세요.

집에서 스파 즐기기

스파를 즐기러 외곽에 있는 옛날식 으리으리한

사우나로 차를 몰고 나갈 필요는 없어요.

굳이 집 밖을 나갈 이유가 없어요.

집에서 하면 되거든요.

팩을 찾아 얼굴에 바르세요.

집에 있는 것으로 해도 되고 없으면 직접 만들어 써도 되고요.

머리에는 헤어트리트먼트를 바르세요.

그러곤 욕실 캐비닛에서 아직 개봉하지 않은 향이 좋은 걸 골라

몸에 듬뿍 바르세요.

가운을 입고 손톱과 발톱에 매니큐어를 칠해보세요.

집에 있는 과일로 스무디를 만들어보세요.

아니면 그냥 주스를 마셔도 좋고요.

편안한 곳에 비스듬히 기대어 잡지를 휙휙 넘겨보세요.

이것만으로도 충분해요.

반려동물과 시간 보내기

반려동물은 좋은 친구죠.

어떤 동물은 키우기도 쉬워요.

그저 먹이를 주고 이야기를 나누죠.

밥그릇과 잠자리를 청소해주고, 쓰다듬어주고,

눈을 바라봐주고, 개라면 산책만 시키면 돼요.

반려동물이 없다면 지인의 반려동물을
잠깐 돌봐주는 건 어때요?
개를 데리고 동네를 한 바퀴 돌다 보면
완전 새로운 사람들을 만나게 될 테고
엄청난 수다쟁이가 될지도 몰라요.

봄 _____

밖에 나가기

어떻게든 구실을 만들어 밖으로 나가세요.
마당에 나가 의자에 앉아 있어도 좋아요.
꼭 멋진 정원용 의자가 아니면 어때요.
주방에서 하나 가지고 나가도 좋고요.

봄맞이 옷 꺼내기

날씨가 따뜻해지기 시작하면
겨우내 입었던 두꺼운 옷들이나
코트, 장갑, 모자는 벗어던지고

티셔츠나 반바지처럼

날씨에 맞는 옷을 꺼내세요.

봄맞이 대청소하기

온도가 올라가고 날씨가 따뜻해지면

일 년에 한 번 대청소 시즌이 온 거죠.

햇빛이 들어오면 먼지가 전보다 더 잘 보이죠?

온 집안을 다 뒤집어엎을 필요는 없어요.

그냥 서랍장 정리 정도만 해보세요.

때로는 그것만으로도 충분하거든요.

여름 ____

휴가 떠나기

가장 휴가다운 휴가는 아무것도 하지 않거나

특별한 계획이 없는 휴가랍니다.

시간 맞춰 해야 할 일도,

반드시 방문할 곳도 없는 그런 휴가요.

느긋하게 여행지를 돌아다니며

가게와 시장을 둘러보고

점심으로 치즈, 과일, 빵을 사 먹는 거죠.

카페에 앉아 커피를 마시고 주위를 둘러보며

기분 좋은 상상을 할 수도 있고요.

그러곤 천천히 숙소로 돌아오세요.

오후엔 숙소에 머물며 책을 읽어도 좋아요.

한가로운 오후가 당신 앞에 펼쳐질 거예요.

저녁이 되면 다시 시내로 나가 어슬렁어슬렁 걸어보세요.

미리 식당을 찾아두지 마세요.

배가 고파지면 멋진 카페나 레스토랑에 들어가

자리가 있나 보세요.

만약 자리가 없다면 주인에게

다른 맛집을 추천해달라고 하거나

언제쯤 자리가 날지 물어보세요.

자리에 앉으면 이미 무엇을 먹을지

마음속에 정해두었다 하더라도

메뉴판을 받아 꼼꼼히 읽어보세요.

휴가 내내, 아니면 수영장에 있을 때,

예쁜 마을에 머무를 때에는 주변을 둘러보세요.

해변을 거닐게 되거든 조약돌이나 조개를 주워

몇 개는 주머니에 넣고 몇 개는 바다에 던져보세요.

모래에 이름도 써보고 조약돌과 해초로

야생 머리카락을 가진 인어공주도 만들어보세요.

얼음과 아이스캔디 만들기

얼음 틀에 물을 담아 얼음을 얼려보세요.

과일 주스로 나만의 아이스캔디도 만들어보세요.

과일 따기

시골에 내려가거든

이제 막 과일을 수확하는 농장에 들러보세요.

딸기나 산딸기를 담을 바구니도 가져가세요.

집에 와서 보면 생각보다 양이 많다고 느껴질 거예요.

그럴 땐 잼을 만들어보세요.

반려식물 기르기

햇빛이 쏟아지면 식물 잎사귀마다

내려앉은 먼지가 더 잘 보인답니다.

먼지는 쓱쓱 닦아내고 시든 잎들은 잘라내세요.

잊지 말고 화분에 적당히 물을 주세요.

날씨가 쌀쌀해지면 물도 적게 줘야 해요.

식물이 훌쩍 자랐거든 어딘가 구석에 두었을

빈 화분을 찾아보세요.

퇴비가 따로 없으면 마당에 있는 흙을 퍼 담고

적당한 크기의 받침대를 찾아 받쳐두세요.

이렇게만 해도 아마 뿌듯한 기분이 들 거예요.

가을 _____

강좌 수강하기

강좌 수강은 일 년 중 아무 때나 시작할 수 있지만

새로운 것을 배우기에는 학기가 시작되는

9월 학기가 적기라고 생각해요.

사교댄스 입문강좌든, 천체물리학 공개강의든,

자전거 정비 6주 과정이든,

강좌를 대비해 새로 문구류를 구입하는 일은

마음가짐을 새롭게 해주고

정식으로 뭔가를 배운다는 느낌이 들게 해준답니다.

기타를 배우든, 새로운 언어를 배우든,

목공기술처럼 실용적인 것을 배우든,

뭔가를 배우는 일은 엄청난 성취감을 안겨줍니다.

구근식물 심기

어느 날 자신도 모르게 땅에 떨어진 나뭇잎들을

발로 휙휙 차고 있다면

그때가 바로 구근식물을 심기에 적기랍니다.

구근식물은 참 쉬워요.

식물을 구입해 화분에 퇴비를 담아 심거나

땅에 구멍을 파고 심은 다음 흙으로 덮으세요.

봄이 오면 꽃이 피어날 거예요.

이불 빨래하기

두세 달에 한 번은 이불을 빨래방에 가져가 세탁하세요.

따뜻한 곳에 앉아 세제 냄새를 맡으며

덜거덕덜거덕 건조기 돌아가는 소리를 들어보세요.

가을맞이 옷 꺼내기

날씨가 쌀쌀해지기 시작하면

티셔츠나 반바지는 집어넣고

두꺼운 옷과 코트, 장갑, 모자를 꺼내세요.

크리스마스 선물 포장하기와 카드 쓰기

일 년 중 아무 때나 선물을 사두었다가

크리스마스가 다가오면 예쁘게 포장하세요.

크리스마스 카드 쓰는 것도 잊지 말고요.

겨울 _____

크리스마스 보내기

연휴를 맞아 한가로운 날들이 당신 앞에 펼쳐집니다.

음식을 쟁여두었다면 나갈 필요도 없을 거예요.

남은 음식을 최대한 활용하세요.

하지만 가끔씩 움직이는 것도 잊으면 안 돼요.

마멀레이드 만들기

마멀레이드를 만들려면 몇 시간씩 걸리기 때문에

성가실 수 있어요.

하지만 그 핑계를 대고

하루 종일 집에서 빈둥거릴 수 있답니다.

마멀레이드가 완성될 즈음,

환상적인 냄새가 집안에 진동하겠죠?

이불 속에 들어가기

매서운 바람과 차디찬 날씨를 피해

이불 속에 들어가세요.

아늑한 이불 속에 누워 책을 읽거나 창밖을 바라보거나

친구에게 전화를 걸어보세요.

새해 계획 세우기

크리스마스가 지나면 금방 새해가 됩니다.

새해 결심을 해야겠죠?

당신에게 중요한 것은 무엇인지,

새해에는 무엇을 할지

곰곰이 생각해보는 시간을 가져보세요.

포터링 계획을 세워볼까요?

여덟

'Planning' and achievement

시간을 보내는 방법으로 포터링은 미지의 영역이에요.

아직 포터링에 대해 구체적인 내용은 잘 모르더라도,

시간을 내어 한번 해보고 싶다면

시간을 따로 마련하는 게 좋아요.

포터링은 종종 의지의 표명으로 시작해요.

가령, 누군가 당신에게 '주말에 뭐해?'라고 물었을 때,

'글쎄, 잘 모르겠는데. 포터링이나 할까 해'라고

말하면서 시작하는 거죠.

이 말은 아직 결정을 한 것도 아니고 열심히 할 생각도 없지만

살짝 시간을 내어 뭔가를 해보겠다는 말이에요.

이런 어중간한 태도는 실제로, 대단한 건 아니지만,

생각해놓은 게 있기 때문에 포터링을 하게 만든답니다.

하지만 상대방이 주말을 함께 보내자고 한다면

포터링 계획은 미뤄두고 함께 주말을 보내세요.

포터링은 꼭 해야 하는 일이 아니라는 걸 잊지 마세요.

다음에 해도 괜찮답니다.

하지만 느긋하게 포터링으로 하루를 보낼 계획이라면

제대로 하고 싶어질 거예요.

그렇다면 미리 계획을 세우고 꼭 해야 할 일,

가령 공과금 같은 것은 미리 납부해두고

마트도 미리 다녀오세요.

주택담보대출 신청서 작성처럼 중요한 일도

포터링을 하기로 한 날엔 안 돼요.

컴퓨터나 전화로 수도나 전기 문제를 해결한다거나

재정 관리를 하는 것도 안 돼요.

귀찮지만 꼭 해야 하는 일들은 미리 해두세요.

느긋하게 시간을 보내며

'여유 있게 쉬고' 싶다면 방해 요인은

미리미리 제거해야 한답니다.

자, 이제 포터링 계획을 세워볼까요?

포터링을 일상의 일부가 되게 하세요.

아침에 일어나 주방을 치우고 집을 나서는 거예요.

평소에도 하는 일이라

포터링을 하고 있는 줄도 몰랐을 거예요.

●

포터링 시간을 정해놓으세요.

가령, 주말이나 퇴근하고 저녁시간으로.

이때는 '자유롭고 싶은' 시간이잖아요.

솔직히 뭐든 하고 싶은 대로 할 수 있는 시간이라

더 바쁜 시간이기도 하죠.

●

여유 있게 시내를 둘러볼 생각이라면

날짜를 미리 정해두세요.

쉬는 날로 정하거나 꼭 해야 할 일이 없는 날로 정하세요.

마음의 부담 따위는 버리고 신나게 즐기는 거예요.

누구라도 '저기요, 혹시⋯⋯?'라는 질문으로

당신의 시간을 가로채게 두지 마세요.

그럼요, 그럴 순 없죠.

●

계획 없이 휴가를 떠나보세요.

도착하면 어떻게든 할 일이 생길 거란 걸 알잖아요.

숙소와 교통편 정도만 예약해두세요.

일단 도착해서 흘러가는 대로 맡겨보는 거예요.

소소한 포터링

포터링은 어디서든 할 수 있어요.

원하는 만큼, 시간이 되는 대로 하면 돼요.

하고 안 하고는 당신 마음이에요.

소소한 포터링의 경우는 특히 더 그래요.

비누 받침대에 묻은 끈적끈적한 것을 떼어내는 일처럼

꼭 해야 하는 일은 아니지만

잠깐 시간을 내야 하는 순간들이 있어요.

생각을 바꾸는 건 하루 중 잠깐이면 돼요.

어디서든 할 수 있고

자신의 행동이 포터링인지조차 모를 거예요.

당신은 은연중에 작업 중인 서류를 한데 모으려고

한쪽 면을 책상에 대고 탁탁 두드린 뒤

다시 옆으로 돌려 탁탁 두드리곤 할 거예요.

포터링을 한 거죠.

연필을 깎거나 포스트잇을 줄 맞춰

깔끔하게 붙여놓는 일들은 약간의 정리만으로도

마음까지 정리되는 기분이 들 거예요.

소소한 포터링은 언제나 즉흥적으로 일어난답니다.

잠시 멈춰 생각하기

창밖을 내다보거나 생각에 잠기는 일은

의외로 큰 도움이 됩니다.

생각이 정리되고 마음을 돌아보게 하죠.

무엇이 나를 행복하게 하지?

집, 직장, 삶의 방향을 바꿔야 할까?

중요한 질문들을 곰곰이 생각해보세요.

잠시 멈춰 그동안 살면서 좋았던 일들을 생각해보세요.

그리고 그 일들을 마음속에 차곡차곡 담아보세요.

말 그대로 당신이 얼마나 행복한 사람인지 헤아려보세요.

분명한 해답을 얻으려 할 필요는 없어요.

해답은 살다 보면 자연스럽게 얻어질 거예요.

생각을 한다는 건 과정이지 결과가 아니랍니다.

좀 더 단순한 것들을 생각해보세요.

이따가 뭘 먹지?

주말에 뭘 하지?

편한 옷을 입고 나가도 괜찮을까?

혹시 상의에 큼지막한 코트만 걸친다면 알아챌 사람이 있을까?

즐거운 상상에 빠져도 좋아요.

상상은 즐거운 생각으로 이어져

익숙하고 행복한 시나리오를 떠올리게 한답니다.

상상이 꼭 현실이 될 필요는 없어요.

복권에 당첨되면 뭘 하지?

당첨금을 받으면 어디에 쓸까?

유명 연예인이랑 그 연예인이 유명해지기 전

학교를 다니게 된다면 어떤 연예인이면 좋을지 상상해보세요.

만일 가능하다면 어떤 직업을 갖고 싶은지

곰곰이 생각해보세요.

지금 하고 있는 일은 아니지만

이론상 재미있어 보이는 일, 농구선수도 좋고 양치기도 좋아요.

월급, 능력, 직업훈련, 현실적인 측면들은 생각하지 말고

하고 싶은 일 말이에요.

정말 필요할 때 포터링하기

살다 보면 다른 사람의 우선순위와 기대치에 맞추려 애쓰고,

일, 가족, 스트레스, 그리고 공부에 끊임없이

모든 걸 쏟아붓고 있다고 느껴질 때가 있어요.

당신의 시간이 당신의 것이 아니라고 느껴질 때

슬쩍 사소한 일에 자신을 맡겨보세요.

삶은 콩을 얹어 토스트를 만든다고 해서,

현관 입구에 깔아놓은 깔개를 탁탁 두드려 먼지를 턴다고 해서

당신을 말릴 사람은 없어요.

병원 침대 머리맡에서, 장례식장에서,

이별하고 난 후, 가장 힘든 상황에서

주의를 딴 데로 돌리고 싶어 포터링을 할 수도 있어요.

아마 힘겨운 상황에서 잠시나마 도망치고 싶어서겠지요.

포터링은 완벽할 필요가 없어요.

목표가 없으니 이뤄야 할 것도 없고

그저 마음이 가는 대로 하면 돼요.

융통성 있게, 완벽할 필요가 없으니

잘해야 한다는 부담도 없어요.

다시 말해, 힘든 상황에서 하는 포터링은

기대에 부응하지 않아도 돼요.

포터링을 긍정의 힘을 주는 가족에 빗대어 보자면

친절하고 상냥한 이모라고 할 수 있어요.

이모는 아주 작은 일에도 감동하거든요.

친절하고 늘 웃어주고 이렇게 말해주죠.

"너무 애쓰지 마라.

네가 한 일에 충분히 자랑스러워해도 된단다."

때로는 포터링이 대처 전략이 되기도 해요.

물론, 자기관리라는 무기 가운데 하나이긴 하지만.

포터링을 한다고 해서 꼭 위기극복 능력이

길러지는 건 아니에요.

문제가 해결되지도 않죠.

하지만 잠시나마 위안을 얻을 순 있어요.

그 덕에 기운을 내 중요한 문제를 해결할 수 있는 거랍니다.

포터링은 미루기가 아니에요

이런 저런 생각과 고민으로 마음이 심란한가요?

마지막 순간까지 해야 할 일을 미뤄두고 있나요?

주의를 딴 데로 돌릴 만한 일을 찾고 있나요?

기분전환거리를 찾고 있나요?

포터링은 잠시 이러저런 생각에서 벗어나게 해줄 순 있어요.

하지만 포터링을 하는 것이지

미뤄두기가 아니라는 걸 명심하세요.

포터링은 일시적인 활동일 뿐,

눈앞의 현실은 사라지지 않아요.

포터링을 하다 보면 마음이 편안해지고,

그렇게 머릿속이 정리되면 삶을 돌아보게 되고

생각도 정리된답니다.

포터링이 끝나고 나면 다시 힘을 내서 일에 정진할 수 있고,
해야 할 일들도 잘해나갈 수 있어요.
포터링에 죄책감 따윈 없어요.
만약 해야 할 일을 안 하고 미뤄두어 죄책감이 느껴진다면
그건 미루기지 포터링이 아니에요.

미루기에 대처하기

솔직히, 우리는 하루하루 먹고살기도 바빠요.
포터링은 온전한 직업이 아니에요.
직업이 될 수도 없을뿐더러 돈벌이가 되지도 않아요.
물론, 작업실에 들어가 이것저것 만지작거리고
희귀품들을 훑어보는 걸 세상 무엇보다
좋아하는 백만장자라면 모를까.
그런 사람들이야 비서들이 다 해줄 테니
굳이 말할 필요도 없죠.
할 일이 점점 쌓여가 짜증이 밀려온 적 있나요?
그럴 땐 다음과 같이 하던 일부터 마무리해보세요.

포터링은 나중에 해도 돼요.

일을 미루고 있다는 사실을 인정하세요.

●

포터링을 멈추고 생산적인 일을 해야겠다고 결심하세요.

●

일을 미루는 이유를 자세히 들여다보세요.

하고 싶지 않은 일은 무엇이고 왜 하기 싫죠?

그 이유는 타당한가요?

●

완벽하게 하고 싶어서 그런 건 아닌가요?

그럴 땐 자신에게 따뜻하게 말해보세요.

'완벽보다 완성이 더 나은 거야.'

●

일의 우선순위를 정하세요.

할 일을 순서대로 적어보세요.

목록 작성은 집중력과 목적의식을 심어준답니다.

포터링을 언제까지 끝낼지 시간을 정확하게 정하세요.

가령, ○○를 끝낸 다음, 아니면 몇 시 몇 분에.

●

주의를 분산시킬 만한 것들은 치우세요.
포터링을 즐기는 사람이라면
주방, 큼지막한 찬장, 마당에서 멀리 떨어져야 해요.

●

목록 가운데 한 가지 일을 시작하세요.
일을 마치면 그 보상으로 꽃꽂이에서
시든 꽃잎을 떼어내는 일처럼
아주 사소한 포터링을 하세요.
그러곤 다음 할 일로 넘어가세요.

●

목록에 있는 일들을 다 끝내면
좀 더 오랫동안 포터링을 할 수 있어요.

상식적인 마음챙김

상식적인 마음챙김commonsensefulness은

상식과 마음챙김의 합성어로
당신이 무엇을 좋아하는지 생각해보고
좋아하는 일을 하는 것을 말해요.
누가 봐도 당연한 일이죠.

좋아하는 사람과 시간을 보내세요.

●

하고 싶은 것들을 해보세요.

●

사람들을 초대하고 초대에 응하세요.

●

친절을 베푸세요.

●

작은 일에도 감사하는 마음을 가지세요.

●

당신이 이뤄낸 일들을 누리세요.

●

상식은 인생의 경험과 성찰에서 비롯되죠.

사실, 포터링은 모두 상식적인 것들이에요.

다섯 가지 기본 원칙을 살펴볼까요?

있는 것을 활용하자.

남은 음식으로 저녁을 해결하는 일부터

구두를 닦는 일까지 전부 상식적인 것들이잖아요.

●

너무 애쓰지 말자.

특히, 지치고 힘들 땐 쉬어가는 건 당연한 일이죠.

●

조금만 움직이자.

기본 아닌가요?

●

동네를 즐기자.

동네를 돌며 포터링을 하다 보면

공동체 의식이 생길 거예요.

●

디지털기기를 멀리하자.

결국 그게 잘하는 일이에요.

왠지 모를 뿌듯함

어떤 이들은 포터링으로 하루를 보내면 '아무것도 안 했다',

하루를 '버렸다'고 생각할 수도 있어요.

하지만 정리, 요리, 식물 가꾸기, 취미활동, DIY와 같은

포터링을 하면서 절제와 조절을

지나치게 필요로 하는 일을 하다 보면

생각보다 일의 진도가 잘나가 깜짝 놀랄걸요.

더군다나 포터링은 분위기를 바꿔주고

속도와 장소에 변화를 주기도 해요.

어떠한 압박이나 비판 없이 생각을 돌아보고

정리할 수 있게 해줍니다.

그뿐만이 아니에요.

집 밖을 나가 동네를 돌며 이웃사람들과

수다를 떨게 해준답니다.

다섯 가지 포터링 원칙은 하나하나

당신에게 만족을 안겨줄 거예요.

다섯 가지가 모두 충족되면 그 효과는 더 커지죠.

그보다 가치 있는 건 없어요.

에필로그

포터링이 삶을 바꿔놓을까?

솔직히 말해 장담할 순 없어요.

하지만, 다른 건 몰라도 포터링은

당신이 처한 상황을 통제하고

시간의 무자비한 압박에서 벗어나게 해준다는 거예요.

눈코 뜰 새 없이 바빴을 때,

나는 새벽같이 일어나 그날 저녁에

먹을 것까지 만들어놓곤 했어요.

SNS를 보니 그때 일들이 기억나네요.

그때 올렸던 글이에요.

어제와 같은 아침. 저녁에 먹을 구운 피망과
필로 파이를 오븐에 넣었다.

세탁기를 돌렸다.

우유를 병째 엎지르고 울고 있는 아이를 달랬다.

잔을 치우고 바닥을 닦았다.

바지를 말려주었다.

샌드위치를 만들었다.

머리를 하나로 묶었다.

8시 10분까지 아이들을 학교에 데려다주었다.

8시 10분?

도대체 어떻게 감당했을까요?

왜 다들 나를 가만히 두지 않았던 걸까요?

그 게시물은 '슈퍼 맘'에 관한 글이 아니었어요.

정신없는 하루에서 휴식이 필요한,

저녁에 먹을 거라 기대하며

필요도 없는 음식을 만드느라 10분을 소비한

여자의 글이었어요.

또 다른 글이에요.

어제도 같은 날의 연속이었다.

인터넷에서 주문한 물건이 45분이나

늦게 도착하는 바람에 아이들을 데리러 가기 2분을 남기고

정신없이 짐을 풀며 가디건과 구두가 있는지 확인해야 했다.

그다음은 괜찮았다.

학교가 끝나고 빗속에 다섯 아이를 데려왔다.

도중에 네 아이를 더 데려왔다.

아이 가운데 다섯이 갔고 둘은 가이드에게 맡겼다.

그 와중에 두 사람이 들러 바닥공사 견적을 주고 갔다.

한 아이가 더 왔다.

도대체 애들이 몇 명이란 말인가?

아직도 잘 모르겠어요.

결국 처음보다 아이들이 더 많아진 거죠?

없어진 아이는 없었던 것 같아요.

난 우리 아이들을 가이드에게 맡겨본 적이 없어요.

그런데 내가 누구를 데리고 간 거죠?

이 글은 부모 노릇을 제대로 해내고,

자신뿐만 아니라 수많은 사람들을 위해

많은 것을 기억하려면

정신을 똑바로 차리고 있어야 한다고 말하고 있어요.

SNS는 잊어버린 것을 상기시켜주는 데 유용해요.

하지만 잊지 않는 것들도 있죠.

나는 위에서 얘기한 것처럼 아이를 키우며 겪는

전쟁 같은 일상은 SNS에 올리지만

아버지 병간호에 관한 글은 한 번도 올린 적이 없어요.

하지만 여러 번 응급실에 갔던 일,

아버지와 나란히 앉아 TV를 봤던 일,

병원 예약 날짜, 아버지와 아이가

동시에 입원했던 일(그래서 오히려 편했죠)까지

정확히 기억하고 있어요.

실제론 같이 입원한 일이 한 번이 넘을 수도 있어요.

솔직히 몇 번인지는 기억이 흐릿하네요.

살면서 그 시간을 단 일분도 후회한 적 없어요.

오히려 아버지와 많은 시간을 보낼 수 있어서 행복했어요.

병간호 그리고 이어지는 슬픔의 시간들을 보내고 나면

사람들을 대하기가 약간 어색할 수 있어요.

그건 당연한 일이에요.

두 가지 일을 치르는 동안 당신은 혼자였고

사람들과 단절돼 있었으니까요.

나 같은 경우, 완전히 바보취급을 당하면서도

관계를 회복하려고 지나치게 노력했어요.

나를 위해 무척이나 애써준 사람들을 위해 노력했죠.

그들은 눈치 채지 못했지만.

예고 없이 약속을 취소해도,

약속 장소에 몇 시간씩 늦게 나타나도,

큰 행사를 주최했지만 그 답례로 초대를 받지 못했어도

괜찮다고 말했어요.

다행히, 그런 방법이 결국

아무런 도움이 되지 않는다는 걸 깨달았어요.

그래서 너무 애쓰지 않기로 했죠.

그 당시 취업은 자신 있었어요.

그런데 지원한 일자리마다 떨어지자 자주 화가 났어요.

좋은 경력에 능력도 있었지만

그에 걸맞은 에너지와 '배고픔'이 부족하다는

인상을 준 모양이었어요.

그걸 이제 안 거죠.

한번은 잘할 것 같은 일에 지원을 했었는데

면접 기회조차 얻지 못했어요.

그 순간 '빌어먹을, 내가 왜 이 짓거리를 하는 거지'라는

생각이 들더군요.

그래서 몇 주 연속 화요일마다 휴가를 냈어요.

왜 화요일이냐고요?

화요일은 인기 있는 요일이 아니에요.

일주일 가운데 하루를 쉬고 싶다고 상사를 설득하려면

휴가를 많이 신청하는 월요일이나 금요일을 피하면

플러스 요인이거든요.

그리고 중요한 회의가 없는 날도 많아

꼭 알아야 할 것을 놓칠 걱정도 없었죠.

게다가 화요일은 10시에 아이들을 학교에 내려주고

2시에 픽업하는 날이거든요.

그 애긴 반나절은 쉴 수 있다는 말이죠.

그리고 내게 그 반나절은

하루 종일 혼자 있는 것과 다름없었답니다.

'나도 다 계획이 있어'라는 말로 경력 단절을 합리화시켰죠.

두 가지 일을 할 생각이었어요.

다락방을 치우고 화단 주변에 작은 벽돌을 쌓을 심산이었죠.

하지만 지금껏 어느 것 하나 해놓은 게 없군요.

그때는 미처 몰랐어요.

화요일이 내게 '포터링의 날'이었다는 것을.

하루를 알차게 보내려고 아침 일찍 일어나곤 했어요.

요리도 하고 여기저기 뒤적거려보고 우유병도 씻어놓았죠.

내 시간을 늘려보고자 저녁 강좌 등록도 했어요.

내가 사는 교외에서 런던으로 여행도 떠나고

가는 길에 창밖도 내다보고 책도 읽었어요.

시내에 도착해 여기저기 가게도 둘러보고,

백화점에서 하는 메이크업 시연도 받아보고,

박물관에서 하는 공개 강연도 듣고,

순간순간 하고 싶은 대로 해보았어요.

하지만 대부분 집에 있거나

동네 근처 정도만 나갔다 오곤 했어요.

내가 시간을 어떻게 보냈는지

구체적으로 설명하려니 참 어렵네요.

당황하는 듯하더니 이내 별 관심을 보이지 않는 고양이 피파와

동네를 어슬렁거렸고 집 근처에 있는 체육관도 다녔어요.

그동안 미뤄두었던 치과, 미용실, 안경점도 가고

건강검진도 받았어요.

화단도 대충 정리했고요.

새 먹이통에 먹이를 채우고

오고가는 새들을 지켜보기도 했어요.

잼도 만들었던 것 같아요.

좋아하는 재봉일도 좀 했고

옷감과 바느질 도구를 사러 시장에도 다녀왔어요.

버스를 타고 조금 나가야 했는데

가는 동안 창밖도 구경하고 그랬어요.

좋은 사람들과 차를 마셨고 이웃사람들과

손을 흔들며 인사를 나눴어요.

믿고 의지할 수 있는 사람들을 다 기억해내

전화 통화를 했어요.

가끔 SNS에 접속했고 TV도 시청했어요.

북유럽 스릴러물은 재봉일을 하면서 볼 수가 없어요.

왜냐하면 복잡한 이야기를 이해하려면 자막을 봐야 하는데

자막을 보다 보면 재봉일에 집중할 수가 없었거든요.

하지만 그것 말고는 화요일에는

디지털기기를 가까이 하지 않았어요.

그렇다면 크게는 아니더라도

포터링이 내 삶을 어떻게 바꿔놓았을까요?

사실 어느 정도 예상이 되는 일이죠.

너무도 오랫동안 너무도 많은 일을 한 여자가

완전히 지쳐 스스로에게 휴식을 준 거니까요.

포터링을 하며 시간을 보내다 보면

'소확행'을 느낄 수 있답니다.

게다가 기지와 인내심을 길러주고

느림의 미학을 가르쳐주지요.

결정적으로 여러분의 시간은 여러분의 것이에요.

여러분에게 나의 화요일이

보여줄 게 많았다고 말하긴 어려워요.

생각하는 시간을 가지며 여유 있게 보냈다고 하면

그다지 생산적으로 보이지 않을 테니까요.

하지만 시작이야 어떻든 실제로

자신을 위해 시간을 내고

그 시간을 오롯이 자신을 위해 보내면

그 효과는 엄청납니다.

스트레스를 떨쳐버리면 그 결과는 여러분에게 옵니다.

그렇게 6주를 매주 화요일마다 쉬고 나니

마음에 여유가 생겼고 생각에 변화가 생겼어요.

이력서를 다시 손볼 마음이 생겼고

서너 개의 채용박람회에 취업 지원서를 넣을 준비도 했어요.

내가 정말 잘하는 일이 무엇인지 생각해볼 시간을 가졌고,

내가 가진 전문성을 더 잘 표현할 수 있는 방법에 대해

고심해보았어요.

그러자, 정말 마법처럼 현재 일하는 직장에서

수습기간을 끝냈고 정규직으로 승진하게 되었어요.

긍정적인 생각을 하지 못했거나,

혹은 서둘러 지원서를 내고 준비를 했더라면

그런 일은 일어나지 않았을 거예요.

그 밖에 포터링을 하며 배운 것들이에요.

'너무 애쓰지 말자.'

서두르면 사람들은 신중하지 못하다고 생각해요.

마음은 혼란스럽더라도 겉으로는 침착한 태도를 보이며

괜찮다고 말하면 사람들은 그 말을 믿을 거예요.

'해야' 할 일은 확인만 하고 무시해버리세요.

놀랍게도 용기가 생길 거예요.

목표를 이루려 아등바등하지 않으면

그 시간이 오히려 목표를 이루게 할지도 몰라요.

●

있는 것을 활용하자.

친환경적이며 처리해야 할 물건을

잘 쓸 수 있고 잘 활용할 수 있게 됩니다.

혼자서도 잘할 수 있다는 사실,

잊지 마세요.

●

조금만 움직이자.

당신을 인정해주는 사람들과 함께하세요.

이웃들과 친하게 지내고 운동도 하세요.

●

동네를 즐기자.

즐거운 시간을 보내기 위해

화려한 곳을 찾아다닐 필요는 없어요.

마음이 맞는 사람과 함께라면

쓰레기봉투 사러 가는 것도 행복할 거예요.

●

디지털기기를 멀리하자.

시간을 알차게 보내세요.

가끔씩 밖에 나가 재미난 일을 해보세요.

그러면 이야깃거리와 기대할 어떤 일이 생길 거예요.

거창한 일이든 사소한 일이든 중요하지 않아요.

그게 무엇이 됐든

디지털기기에 메여 있는 것보다는

훨씬 나으니까요.

누구나 자기만의 재충전 방식이 있을 거예요.

포터링이 바로 나의 충전 방식입니다.

고맙습니다

남편 폴에게 책에 당신의 공로를

어떻게 써주면 좋겠냐고 물어봤더니,

지금껏 그가 얼마나 멋진 사람인지 마음으로만 생각해왔거든요.

이렇게 말하더군요.

"당신이 포터링을 하면서 글을 쓸 수 있었던 건

내가 청소와 다림질을 도맡아 했기 때문이라고 말해주면 돼."

그 사람 말이 맞을지도 몰라요.

고마워요.

하나부터 열까지 모두. 그리고 사랑합니다.

폴뿐 아니라 이 책의 기획과 초안에 도움을 준

팀, 프랜, 파드리그, 스티브, 에이드리언, 크리스, 스테이시,

제마, 트레이시, 클로에, 돔,

그리고 누구보다 마틴에게 감사의 마음을 전합니다.

캐서린, 모니카, 스테피, 탐신, 에마, 팻, 케이트,

그리고 베단, 수요일 아침마다

'신나는 화요일'에 관심을 보여줘서 정말 고마워요.

도미닉, 피비, 루이자, 내게 친절을 베풀어줘서 고마워요.

그리고 조, 린지, 릴, 리타, 크리스, 메이블, 도로시,

앤지, 피오나, 마르티나, 베로니카, 조, 데이비드, 빌,

그리고 사랑스러운 우리 이모 캐시,

모두 고맙습니다.

내게 편지를 써준 케이트, 나를 초대해준 털룰라,

같이 피자를 먹자고 한 에밀리,

따뜻하게 마음 써줘서 감사해요.

일일이 언급하지 못한 메이필드 숙녀분들에게도

감사의 인사를 전해요.

타일 붙이는 법을 알려준 테리와 닉, 고마워요.

그리고 델리 가게 얀과 예나, 정육점 리, 즐거운 수다 고마워요.

블로거(www.siciliangodmother.com)이자

《시칠리아 아내의 위험할 만큼 진실된 일기The Dangerously
Truthful Diary of a Sicilian Housewife》의 저자,

베로니카 디 그리골리,

당신의 완벽한 설명이 없었더라면 라르테 델아랑기아르시를
몰랐을 거예요.
고마워요, 베로니카!
마지막으로 고양이 피파와 개 브랜디,
좋은 친구가 돼줘서 고마워.

옮기고 나서

휴…… 문장을 썼다 지웠다 하기를 수십 번.
뜬금없이 등장한 단어 하나가 작업에 태클을 걸었다.
이렇게 저렇게 문장을 만들어보아도 성에 차질 않았다.
사전이란 사전은 다 찾고 검색이란 검색은 다 해보아도
도무지 답이 나오질 않았다.
아직 내공이 부족한 탓인지,
아니면 적당히 넘어갈 수 없는 성격 탓인지
단어 하나에 발목이 잡히면 도저히 작업이 진행되질 않는다.
손톱을 쥐어뜯으며 안달복달하다 안 되겠다 싶어
과감히 노트북을 덮었다.

전기 포트에 물을 올렸다.
물이 끓는 동안 그릇장을 열고 제일 예쁜 잔을 꺼냈다.
보기만 해도 기분이 좋아지는 잔이다.

믹스커피를 하나 뜯어 커피 잔에 부었다.

한 번에 잘 뜯기니 왠지 모르게 뿌듯했다.

딸칵!

어느새 물이 끓었다.

뜨거운 물을 잔에 부으니 김이 모락모락 올라오며

익숙한 커피향이 콧속으로 스며들었다.

저절로 안도의 감탄사가 나왔다.

커피스푼으로 휘휘 젓자 커피가 물에 녹으며

맛있는 옅은 브라운색으로 변했다.

스푼을 싱크대에 던져놓으려 보니

아침 설거지가 그대로 있었다.

모른 척 시선을 돌렸다.

커피를 들고 소파에 앉았다.

한 모금, 불안하던 마음이 조금 가라앉았다.

두 모금, 어느새 나를 괴롭히던 단어를 잊었다.

창밖을 내다보니 저 멀리 보이는 한강은

무슨 일이 있었냐는 듯 햇빛을 받아 반짝거리며 잔잔히 흐르고

그 위로 보이는 올림픽대로엔

출퇴근 시간과는 달리 차들이 드문드문 지나갔다.

달짝지근한 커피가 목구멍을 타고 내려가자

익숙한 위로가 느껴졌다.

어느새 커피 잔이 바닥을 보였다.

숨을 깊이 들이 마시고 소파에서 일어나 싱크대로 향했다.

수세미에 세제를 덜어 거품을 만들고

그릇을 빡빡 문질러 닦았다.

뽀드득 뽀드득.

흐르는 물에 거품이 씻겨 나가는 느낌이 참 좋았다.

그릇 닦는 일에 온통 정신을 집중하다 보니

왠지 모르게 마음이 편해지고

복잡하던 머릿속이 정리가 되는 것 같았다.

순간, '맞다! 그 뜻이었어. 그래, 그래, 그 말이었어.'

고무장갑을 급하게 벗어놓고 다시 노트북을 열었다.

그리고 검색을 하고 머리를 쥐어짜도 보이지 않던 단어가

갑자기 화면 위로 선명하게 떠올랐다.

정신없이 작업을 이어갔다.

번역 작업을 하다 보면 이런 일이 빈번하게 발생한다.

술술 풀리던 작업이 너무도 뻔한 단어에 막히기도 하고

뜬금없이 등장한 단어 하나 때문에

당혹감이 밀려들기도 한다.

아무리 문장을 이리저리 잘라 보아도 답이 보이지 않는다.

그럴 땐 싸우지 말고 한 걸음 물러나는 게 답이다.

노트북을 덮고 커피를 한 잔 마시든가,

청소기를 돌리든가, 빨래를 널든가 하면서

다른 일에 집중하는 것이다.

한때는 머리를 식힌다는 핑계로 가벼운 가십기사를 읽거나,

인터넷 쇼핑을 하거나 했다.

하지만 인터넷 검색은 끝이 없어

나도 모르게 많은 시간을 보내게 되고

계속 정보를 집어넣고 결정을 해야 하니

머릿속은 더 복잡해지기 일쑤였다.

내겐 생각을 비워낼 생산적인 일이 필요했다.

그래서 소소한 집안일을 하기 시작했던 것이다.

더군다나 어차피 해야 할 일들이라

하고 나면 할 일을 했다는 만족감도 들어

머릿속이 복잡할 땐 최고라고 생각했다.

사실, 지금껏 잠시 머리도 식히고 집안일도 하고

일석이조라고만 생각했지

내가 하고 있는 일들이 '포터링'이라고는 생각지 못했다.

작가 덕분에 소소한 집안일에 '포터링'이라는

멋진 이름을 붙이니 왠지 모르게

더 생산적인 일을 하는 것 같아 뿌듯하기까지 했다.

작가는 나와 같은 평범한 주부다.

그래서 그런지 작가가 이야기하는 일상의 포터링들이

더 설득력 있게 다가왔다.

우리는 엄마로, 아내로, 그리고 사회의 한 일원으로,

한 가지 이상의 역할을 수행하며 매일매일 분주하게 살아간다.

그렇게 에너지를 쏟아붓다 보니 금세 바닥나기 마련이다.

저녁에 마시는 시원한 맥주 한 잔,

한바탕 땀 흘려 하는 운동, 소파에 누워 휴대폰 하기,

좋아하는 예능 프로그램 보며 생각 없이 웃기,

각자 나름대로 스트레스를 날리고

에너지를 충전하는 방법이 있을 것이다.

아직 마땅한 방법을 찾지 못했다면

나처럼 '포터링'에 빠져보는 것도 좋겠다.

집을 온전히 누리는 법,
포터링

초판 1쇄 인쇄 2020년 11월 4일
초판 1쇄 발행 2020년 11월 11일

지은이 애나 맥거번
그린이 샬럿 에이저
옮긴이 김은영

펴낸이 김선식
경영총괄 김은영
편집인 박경순 **책임마케터** 이고은
마케팅본부장 이주화
채널마케팅팀 최혜령, 권장규, 이고은, 박태준, 박지수, 기명리
미디어홍보팀 정명찬, 최두영, 허지호, 김은지, 박재연
저작권팀 한승빈, 김재원
경영관리본부 허대우, 하미선, 박상민, 김형준, 윤이경, 권송이,
이소희, 김재경, 최완규, 이우철
펴낸곳 다산북스 출판등록 2005년 12월 23일 제313-2005-00277호
주소 서울시 마포구 양화로 67 나동 302호
전화 070-4150-3186 **이메일** uyoung@uyoung.kr
홈페이지 www.dasanbooks.com
종이·인쇄·제본·후가공 (주)갑우문화사
ISBN 979-11-306-3215-5 03840